黑星

검은별

허담 新무협 판타지 소설

FANTASTIC ORIENTAL HEROES

검은 별 8

허담 新무협 판타지 소설

초판 1쇄 찍은 날 § 2015년 4월 7일
초판 1쇄 펴낸 날 § 2015년 4월 15일

지은이 § 허담
펴낸이 § 서경석

편집부장 § 권태완
편집책임 § 박가연

펴낸곳 § 도서출판 청어람
등록번호 § 제387-1999-000006호
등록일자 § 1999. 5. 31
어람번호 § 제2-2585호

주소 § 경기도 부천시 원미구 부일로 483번길 40 서경B/D 3F (우) 420-822
전화 § 032-656-4452 팩스 § 032-656-4453
http://www.chungeoram.com
E-mail § chungeorambook@daum.net

ISBN 979-11-04-90193-5 04810
ISBN 979-11-316-9247-9 (세트)

검은별

8

계명흑성야

[완결]

허담 新무협 판타지 소설

FANTASTIC ORIENTAL HEROES

도서출판 청어람

제1장

한록산 육혈봉

그가 나타났다.

그는 모습을 드러낸 후 절벽에 새겨진 육혈무성의 얼굴을 잠시 바라봤다. 그러고는 마치 자신 역시 그들과 같은 위치에 있는 사람인 것 같은 표정을 지어 보였다.

"무성(武聖)을 뵙습니다!"

보이지 않던 자들까지 그를 향해 경배를 하듯 소리쳤다.

"스승님!"

궁비영과 주남을 데리고 온 사내가 급히 앞으로 달려 나가 그의 앞에 머리를 조아렸다.

"왔느냐?"

그가 천천히 고개를 끄떡이며 시선을 주남에게로 돌렸다.

순간 주남이 흠칫하며 몸을 떨었다.

한 줄기 안광이 그의 눈에서 흘러나와 주남의 동공을 파고들었기 때문이다. 마치 머리를 화살로 관통당한 느낌이다.

"침착해."

주남의 등 뒤에서 궁비영이 나직하게 속삭였다. 궁비영은 변용을 하고 두건을 눈까지 내렸으므로 누구도 그를 알아보지 못했다.

"제길, 정말 만만찮은걸?"

주남이 오직 궁비영만 들을 수 있는 크기로 투덜거렸다.

"천하의 오죽노다."

"알았어. 그런데 이제 보니 저자가 그의 제자였군."

주남이 긴장을 풀려는 듯 관심을 그들을 데려온 중년 사내에게로 돌렸다.

"처음부터 범상치 않은 기도였지."

궁비영이 차씨 성의 중년 사내를 바라보며 말했다.

그때 오죽노와 몇 마디 말을 나눈 사내가 급히 주남 앞으로 다가왔다. 그리고는 은근한 목소리로 말했다.

"오죽노 님은 처음 보실 거요."

"그렇습니다."

주남이 고개를 끄떡였다.

"부디 사부님 앞에서는 행동을 조심해 주시오."

"그런데… 제자셨군요."

"아, 내가 지금껏 그 말을 안 했소? 난 오죽노 님의 삼 제자 차우요. 하하, 그러고 보니 큰 실수를 했구려. 지금껏 내 자신을 제대로 소개하지 않았다니……."

정말로 의도하지 않은 것인지, 혹은 숨기려 했던 것인지는 알 수 없었다. 그러나 오죽노의 삼 제자 차우의 행동에는 거짓이 없어 보였다.

"이제 보니 정말 귀한 분이셨군요. 처음부터 범상치 않은 분이라 생각했습니다만… 그간의 무례를 용서하십시오."

주남이 정중하게 포권을 해 보였다. 그러자 차우가 손사래를 치며 말했다.

"무슨 말씀을! 주 대인께서 실수하신 것이 무엇이 있다고! 자, 무성께서 기다리고 계시니 가십시다."

"한데… 이곳에선 오죽노 님을 무성이라 말씀하시나 보군요?"

주남이 걸음을 옮기며 물었다.

"그렇소이다. 그러니 주 대인도 사부님을 무성이란 호칭으로 불러주시구려."

"알겠습니다."

주남이 급히 대답했다.

'무성이라… 공공연히 육혈무성의 후예임을 자처하려는 걸까? 그건 오죽노답지 않은데…….'

주남의 뒤를 따르며 궁비영이 생각했다. 오죽노라면 천하를 손에 쥘 때까지 자신의 정체를 숨기려 할 사람이기 때문이었다.

'하긴 무성이라는 호칭으로 불린다고 그가 육혈무성과 연관이 있다고 생각할 사람은 없지.'

강호에서 무성이니 검성이니 하는 호칭은 삼류무사들조차도 가끔 들먹이는 말이다. 허황된 별호를 마음껏 쓸 수 있는 곳이 무림이어서 그 별호를 보고 상대를 평가하는 것은 애송이나 하는 실수였다.

그러니 오죽노가 무성의 호칭으로 불린다 해도 그를 과거 저 전설적인 영광을 누렸던 육혈무성과 연관 지을 사람은 없다고 해도 과언이 아니었다.

"무성을 뵙습니다."

그사이 오죽노 앞에 당도한 주남이 오죽노를 향해 허리를 숙여 보였다. 공손하기 이를 데 없는 모습이다.

"잘 왔소. 소문은 많이 들었소. 만나서 반갑소."

오죽노가 생각보다 반갑게 주남을 맞이했다. 오랜 벗을 맞는 모습 같다.

'정말 필요한 뭔가가 있다는 말이군.'

궁비영은 오죽노를 알고 있다.

그는 성정이 도도해서 아랫사람에게 좀체 부드러운 모습을 보이지 않는 자였다. 그런 면에서 보면 주남에 대한 환대는 지나친 면이 있을 정도였다.

"미천한 장사꾼이 무성을 뵐 기회를 얻었으니 큰 영광이옵니다."

주남이 다시 굽신거린다.

"하하하 내 그대에 대한 소문은 익히 들었소. 역시 타고난 장사치군. 일단 올라갑시다. 할 이야기가 많소."

오죽노가 주남을 안으로 맞아들인다. 그러자 주남이 조심스런 걸음으로 오죽노를 따르기 시작했다.

궁비영이 재빨리 오죽노의 제자 차우의 곁으로 다가섰다.

그러자 차우가 놀란 눈빛을 보였다. 궁비영의 움직임이 범상치 않음을 알아챈 것이다.

그러나 그도 잠시, 차우도 서둘러 오죽노를 따르기 시작했다.

기이한 길이 이어졌다. 동굴로 들어갔나 싶으면 절벽에 난 길이 튀어나오고 위태롭다 싶으면 다시 동굴로 이어진다.

'토귀가 말한 바로 그 길이군.'

한동안 토귀는 한록산에 잡혀 있었다. 그때 토귀가 한 일 중 하나가 절벽을 타고 오르는 길을 만든 것이라고 했었다.

거대한 뱀이 산 전체를 감싸고 있는 듯한 길을 따라 일각여를 이동했다.

무인에게 일각은 짧은 시간이 아니다. 아마도 보통 사람들이었다면 반 시진은 걸렸을 거리였다.

그 거리를 두고 오죽노가 주남을 마중 나왔다는 것이 이상할 정도였다.

'그냥 한록산에서 쓰일 물건들을 거래하기 위함이 아니다. 그런 정도의 거래라면 그가 이렇게 먼 길을 마중했을 리 없

어…….'

의구심이 점점 깊어졌다. 도대체 오죽노가 주남에게 원하는 바가 무엇인지 알 수 없었다.

그 의심 속에서도 궁비영은 끊임없이 주변을 살폈다. 마치 그가 지나는 모든 지형을 머릿속에 넣어두려는 듯 날카로운 눈빛이었다.

한록산의 지형을 숙지하는 것이야말로 그가 이곳에 들어온 이유 중 하나였다. 나중을 생각하면 절대 소홀히 할 수 없는 일이었다.

"다 왔소."

문득 오죽노의 목소리가 들렸다.

궁비영이 정면을 바라봤다. 그러자 위태로운 봉우리 아래 서 있는 여섯 채의 전각이 눈에 들어왔다.

전각 주변으로는 가깝게는 몇십 장 거리에, 멀게는 육혈무성의 얼굴이 새겨져 있던 절벽까지 긴 담장이 이어져 있었다.

담장이라고는 하지만 천연의 절벽과 사람이 만든 담장이 늘어선 모양은 마치 난공불락의 성벽과 같았다.

'이곳이야말로 과거 육혈무성이 회합을 가졌던 장소구나. 육혈봉이란 명칭은 이 봉우리를 두고 하는 말일 것이다.'

궁비영이 고개를 들어 전각 뒤에 우뚝 서 있는 봉우리를 바라봤다. 왠지 모르게 신령스럽기도 하고 음울한 기운을 드러내는 것 같기도 한 봉우리다.

'너무 강한 기운이야. 안락한 곳은 아니군.'

궁비영이 산의 기운에서 살기를 느끼고는 고개를 저었다.

“굉장한 일입니다. 이런 곳에 전각이 있다니…….”

주남이 짐짓 놀란 표정을 짓는다. 그러자 오죽노가 웃으며 말했다.

“놀라운 일이긴 하오. 나라도 이런 곳에 전각을 지을 생각은 못했을 거요.”

“하면 무성께서 하신 일이 아니란 말입니까?”

주남이 짐짓 놀란 표정을 짓는다. 물론 그 역시 이 땅이 육혈무성의 땅이었음을 모르지 않았다.

“그렇소. 아주 오래전 내 선조들이 세운 것이라오.”

“그렇군요. 그분들은 대체 어떤 분들이셨습니까?”

“하하하, 그런 양반들이 있었소. 한때… 천하를 지배했던 분들이라오. 자자, 그 이야기는 천천히 하고 안으로 듭시다. 차우!”

“예, 스승님!”

이름을 부를 때는 스승으로서의 명이 있다는 말이다. 차우가 급히 오죽노에게로 달려갔다.

“잡인의 접근을 금하라. 이 일은 주 대인과 나 두 사람만의 일이다.”

그 한마디로 궁비영도 발이 묶였다. 오죽노의 수하들도 들어가지 못하는 곳에 궁비영이 따라 들어갈 수는 없었다.

궁비영이 주남을 봤다. 지금이라도 물러나겠다면 길을 열 자신은 있었다. 오면서 보아둔 퇴로도 머릿속에 담겨 있었다.

그러나 주남은 궁비영에게 살짝 고개를 저어 보였다. 오죽노와 독대를 하겠다는 말이다.

'하긴 위험한 일은 아니지.'

어떤 약속이든 그것이 실행되고 안 되고는 나중의 일이다. 이 자리에서 오죽노에게 어떤 제안을 받더라도 승낙하면 두 사람이 이곳을 벗어나는 것은 어렵지 않다.

"들어갑시다."

오죽노가 주남의 등에 가볍게 손을 대며 말했다. 그러자 주남의 신형이 마치 바람에 밀리듯 전각 안으로 사라졌다.

"차라도 한잔하시겠소?"

혼자 남은 궁비영을 보며 차우가 물었다. 그러자 궁비영이 고개를 저었다.

"아니오. 이곳에 있겠소."

궁비영의 대답에 차우의 표정이 살짝 변한다.

주남조차 자신에게 존대를 했다. 그런데 이자는 외려 주남보다도 더 도도해 보이지 않는가.

화가 나기보다는 의아한 생각이 든다. 그러다가 문득 제룡가에서 전해 들은 말이 생각났다.

"이야기는 들었소. 장산문 출신이라고… 장산문의 일은 참 안됐소."

순간 궁비영이 슬쩍 고개를 돌려 차우를 봤다. 두건 바로 뒤에서 그의 눈빛이 차갑게 빛났다. 그 서늘한 기운에 차우가 내심 감탄하는 빛을 보였다.

"내 과거사까지 신경 쓰실 필요는 없소."

궁비영이 차갑게 말했다.

"아, 실례였다면 미안하오."

차우가 얼른 사과를 했다. 패망한 가문의 과거를 거론하는 것은 상대에 대한 예가 아니다.

"괜찮소."

궁비영이 건조한 목소리로 대답했다. 그러고는 천천히 걸음을 옮겨 주남과 오죽노가 들어가 있는 전각의 섬돌 아래에 검을 품에 안고 우뚝 섰다.

"장산문이라… 과연 보통이 아니군."

차우가 궁비영을 보며 중얼거리고는 훌쩍 자리를 떠났다.

주남이 나온 것은 대략 한 시진 후였다. 두 사람만의 대화치고는 무척 긴 시간이라고 할 수 있었다.

그러나 궁비영에게 그 한 시진은 그리 길지만은 않았다.

궁비영은 전각 앞을 지키는 듯 보였지만 실상 그는 한록산 육혈봉의 지세와 전각의 위치, 그리고 단단한 담장과 보이지 않는 매복의 흔적까지 모두 머릿속에 넣고 있었던 것이다.

그래서 사실 주남이 나왔을 때 오히려 시간이 부족했음을 아쉬워하는 궁비영이었다.

오죽노와 주남이 전각에서 나오자 좌우에서 사람들이 모여들었다. 그러자 오죽노가 만면에 웃음을 지으며 차우를 불렀다.

"차우!"
"예, 스승님!"
"길 떠날 준비를 하라."
"예?"
뜬금없는 소리에 차우가 놀란 표정으로 오죽노를 바라본다.
"너와 아랑은 주 대인을 따라간다."
"……?"
차우가 어리둥절한 표정으로 대답 없이 다시 오죽노를 바라봤다. 그러자 오죽노가 다시 입을 열었다.
"내 긴히 주 대인에게 부탁한 일이 있다. 주 대인을 도와 그 일을 성사시켜라. 기일은 짧으면 한 달, 길어도 두 달을 넘기면 안 된다. 그 안에 일을 마치고 돌아오도록 하라."
"알겠습니다."
명이 내려진 이상 그 일에 대해 왈가불가하는 것은 스승의 노여움을 사는 일이라는 것을 잘 알고 있는 차우다.
"다시 한 번 잘 부탁하겠소."
오죽노가 주남을 보며 말했다.
"최선을 다하겠습니다."
"최선이 아니라 반드시 성공해야 하오."
"알겠습니다."
주남이 두려운 표정으로 대답했다. 그러자 오죽노가 만족한 듯 고개를 끄떡이며 말했다.
"하루 쉬어 가라고 말하고 싶지만 일이 급하니 이곳에서 작별을 해야 할 듯하오."

"그, 그러지요."

주남과 궁비영으로서는 당황스런 축객령이다. 육혈봉에 머물며 이곳의 사정을 좀 더 살폈으면 하는 것이 그들의 바람이었다.

그런데 오죽노가 직접 떠날 것을 재촉하니 두 사람이 이곳에 머물 명분이 없었다.

"그럼……!"

주남이 미적거리다 작별을 고한다.

"조심해 가시오. 아, 물론 내 두 제자가 함께 가니 어려움은 없을 거요. 그럼 다시 봅시다."

오죽노가 입가에 미소를 지어 보이고는 휑하니 전각 안으로 사라졌다. 그러자 주남이 길게 한숨을 내쉬며 공터로 내려섰다.

궁비영이 재빨리 주남 곁으로 다가섰다. 그러나 미처 궁비영이 입을 열기도 전에 차우가 다가왔다.

"입구에서 기다려 주시오. 내 사매를 데리고 가겠소."

"그러시지요."

주남이 대답하자 차우가 급한 걸음으로 자리를 떴다. 그제야 궁비영에게 말할 기회가 생겼다.

"어찌 된 거냐?"

"제길, 녀석을 만났어."

주남이 엉뚱한 대답을 내놨다. 궁비영은 오죽노와 나눈 대화의 내용을 말한 것인데 주남의 대답은 질문과 동떨어져 있었다.

"무슨 소리야?"

"중광을 만났어."

"뭐?"

궁비영이 놀란 표정을 짓는다. 그러자 주남이 그의 팔을 끌며 말했다.

"일단 이곳을 벗어나자. 중광 녀석이 나올지도 모르니……."

"음… 그러지."

궁비영이 고개를 끄떡이고는 앞서서 걸음을 옮기기 시작했다. 다른 사람은 모르겠지만 중광이라면 역용을 하고 두건을 썼다 해도 궁비영을 알아볼 수 있었다.

오래 함께한 사람만이 느낄 수 있는 기도와 체취는 역용으로도 가릴 수 없는 것이다.

궁비영과 주남이 서둘러 전각 앞을 벗어났다. 그러자 오죽노가 들어간 전각 옆에서 두 사람이 모습을 드러냈다.

"결국 저 아이도 우리와 한배를 타게 되었구나."

중가의 가주 중천산이다.

"이제 만족하십니까?"

호랑이가 으르렁대듯 중광이 물었다.

"너로 인해 일어난 일은 아니니 너무 자책하지 말거라. 넌 그저 옛 친구를 만난 것뿐이지 않느냐? 네가 주남을 설득한 것도 아니고……."

"내 얼굴을 보는 것만으로도 녀석에게는 큰 부담이었을 겁니다. 거절할 수 없었겠지요. 날 앞에 두고는……."

"만약 거절했다면 그 아이는 이곳을 살아서 나가지 못했을 게다."

"그럴까요?"

중광이 모호한 표정으로 되물었다.

"설마 주남에게 이곳을 벗어날 무공이라도 있다는 거냐?"

"아뇨. 녀석은 무공을 수련하지 않았지요."

중광이 대답했다.

"그런데도 그가 아이가 살아갈 수 있었을 거라 생각하느냐?"

"난 녀석을 알지요. 녀석은 절대 죽을 자리에 스스로 걸어 들어오지는 않습니다."

"……?"

"녀석을 호위하는 자, 장산문의 고수라고 했던가요?"

"제룡가주의 전언에 의하면 그렇다고 하더구나."

"장산문이라……."

중광이 멀어져 가는 궁비영의 뒷모습을 보며 중얼거렸다.

"그가 신경 쓰이느냐?"

"왠지… 거슬리는군요."

"그래? 설마 저자에게 이 용담호혈에서 주남을 데리고 나갈 능력이 있다고 생각하는 거냐? 미안하지만 그건 누구라도 불가능한 일이다."

"그러게 말입니다. 그런데 문제는 주남 녀석이 저 사람을 믿고 왔다는 것이지요."

"아직 어리니까. 무림을 잘 모르고… 또한 오죽노도 모르고……."

중천산이 대답했다. 그러자 중광이 고개를 저었다.

"주남은 그냥 어린애가 아닙니다. 오죽노와 독대를 할 수 있는 사람이지요. 그런 놈이 믿고 있는 사람이라면… 장산문에 대해 아세요?"

중광이 물었다. 그러자 중천산이 고개를 끄떡였다.

"예전에 들어본 문파지. 한때는 지금의 유령문처럼 장막에 가려진 무서운 문파였지. 한순간에 사라지긴 했지만……."

"주남이 어떻게 그런 곳과 손을 잡았을까?"

중광이 중얼거렸다. 그러나 누구도 그 답을 해줄 수는 없다.

"들어가자. 오죽노께서 기다리시겠다."

중천산이 중광에게 말을 하고는 먼저 걸음을 옮겼다. 그러자 중광이 다시 한 번 주남과 궁비영이 사라진 곳으로 시선을 돌렸다. 그러면서 혼잣말로 중얼거렸다.

"뒷모습만 보면… 죽은 놈이 살아온 줄 알겠군. 느낌이 닮았어. 제길!"

중광이 인상을 한 번 쓰고는 중천산의 뒤를 따라갔다.

"염초를?"

궁비영이 놀란 표정으로 물었다.

"응, 그걸 가져다달래. 그것도… 일만 근의 염초면 정말 엄청난 양인데 말이야."

"염초라… 이자가 다시 한 번 불장난을 하려나 보군. 하지만 염초를 구하는 일이 쉽지는 않을 텐데?"

"가지고 있는 임자는 알고 있더군. 단지 거래가 안 되었을 뿐. 그 거래를 나에게 해달라는 거지."

"자신은 나갈 수 없다는 뜻이군."

궁비영이 빈정거렸다.

"강호로 나가는 것이 두려울 수도 있고, 혹은 이곳의 일에서 손을 뗄 수 없다는 뜻이기도 하겠지."

"그런데 그 많은 양의 염초를 가지고 있는 자가 누구냐?"

"항주에 무선이란 자가 있어. 대형 상선을 띄워 해동은 물론 서역과도 거래를 하는 자지."

"그자에게 있다는 거야?"

"음……."

주남이 고개를 끄떡였다.

"아주 위험한 일을 맡았군."

"그러게 말이다. 그런데… 염초를 가져다줘야 하나?"

"생각 좀 해보자."

"일단 항주까지는 가야지?"

"그건 그래야지."

궁비영이 고개를 끄떡였다.

그때 오죽노의 제자 차우가 삼십 대 중반으로 보이는 차가운 인상의 여인과 함께 나타났다.

"갑시다!"

차우가 도착하자마자 길을 재촉한다. 그러자 주남이 슬쩍 여인을 보며 말했다.

"동행하실 분과 통성명이라도 해야지 않겠습니까?"

"아, 그렇구려. 인사하시오. 이쪽은 내 사매요. 사매, 이분이 바로 주 대인이네."

차우의 소개에 여인이 주남을 향해 고개를 까딱였다.

"섬아랑이라고 해요."

"주남입니다. 무성님의 제자분을 뵙게 되어 반갑습니다."

"나 역시 그렇군요. 어떤 분이기에 스승께서 독대를 하셨는지 궁금했어요."

섬아랑이 날카롭게 주남을 바라보며 말했다.

"독대는 아니었지요."

"독대가 아니라고 했소? 하면 누가……?"

곁에서 차우가 놀란 표정으로 급히 물었다.

"옛 친구가 있었지요."

"옛 친구라면……?"

"중광이란 녀석을 아시는지요?"

주남이 차우에게 되물었다.

"중광! 그 친구가 폐관을 깼단 말인가?"

차우가 굳은 표정으로 중얼거렸다.

"그놈이 폐관을 하고 있었습니까? 그런 말은 않던데……?"

"중광 사제는 지난 몇 개월 동안 줄곧 폐관 수련을 하고 있었소. 강호의 일이 급박함에도 불구하고 스승께선 그 일을 허락했고 말이오. 그런데 사제가 주 대인을 만났다니 놀랄 일이구려."

차우의 표정에서 경계심이 느껴진다. 오죽노의 제자들 사이에도 보이지 않는 경쟁이 벌어지고 있음이 분명했다.

"무공을 완성했을 수도 있지요."

섬아랑이 말했다.

"설마… 사제가 수련하는 무공은 태양… 음……."

차우가 말을 하다 말고 입을 닫았다. 하마터면 내부의 일을 발설하는 실수를 저지를 뻔한 것이다. 그만큼 중광의 갑작스런 등장이 그에게는 거슬리는 일인 모양이었다.

"사제의 재질은 스승께서도 각별히 중시하는 것이지요."

섬아랑이 냉정한 표정으로 말했다. 그녀 역시 중광을 총애하는 오죽노에게 불만이 있는 모양이었다.

"그렇다 한들 사제의 무공은 하루 이틀 사이에 완성할 수 있는 것이 아니야."

"그게 아니라면 대업이 임박했다고밖에는 볼 수 없지요. 일이 급해 사부께서 사제를 불러낸 것일 거예요."

"음, 그럴 수도 있겠군. 마침 주 대인과 죽마고우니 동석했을 수도… 그 덕에 거래가 쉬워졌겠구려."

차우가 주남을 보며 말했다. 그러자 주남이 고개를 저었다.

"중광이 거래에 미친 영향은 없습니다. 전 이래 봬도 냉정한 장사치지요. 공과 사는 구분할 줄 압니다. 이번 거래가 성사된 것은 성공했을 때 워낙 막대한 이문이 남는 장사라 그리한 것입니다."

"사부께서 뭘 약속하셨소?"

"하하하, 장사꾼에게 약속할 것이 뭐가 있겠습니까? 바로 천하의 상권이지요."

"천하의 상권이라……. 그래서 주 대인은 그 거래를 승낙한 것이오?"

"그러니 이렇게 동행을 하고 있지 않습니까?"

"용기가 있구려. 구천맹과 마천을 적으로 돌리는 것은 위험한 일인데……."

차우가 말했다.

"웬걸요. 이 일은 사실 제가 겁이 많은 사람이기에 이뤄진 것입니다. 만약 제가 이 거래를 거부했다면 살아서 이 한록산을 나갈 수 있었겠습니까?"

"음… 하긴……."

차우가 굳이 주남의 말을 부인하지 않았다. 그러자 섬아랑이 경고하듯 말했다.

"스승님의 칼은 한록산 안이나 밖이나 어디서든 날카롭다는 것을 명심해야 할 거예요."

"하하하, 이를 말입니까? 그리고 이 주남은 한번 약속한 일은 반드시 지키는 사람입니다. 더군다나 천하의 상권이 걸린 일이 아닙니까? 어찌 위험을 마다하겠습니까?"

주남이 호탕하게 웃음을 터뜨렸다.

한록산은 용담호혈의 땅이다.

그런 곳에서 같은 배를 타게 되었다고는 해도 이렇게 호탕한 모습을 보이는 주남을 차우와 섭아랑이 조금은 특별한 시선으로 바라봤다. 그들의 눈에도 이 젊은 상인의 배포가 남다르게 보이는 모양이었다.

일행은 육혈봉으로 갈 때보다 훨씬 빠른 속도로 한록산 외곽으로 나왔다.

수로와 연결된 신비로운 호수에 다다르자 그들이 타고 왔던 소선 두 척이 일행을 기다리고 있었다.

일행은 서둘러 배에 올라 절벽 사이로 난 출구를 통해 강으로 나왔다. 그러고는 작을 강줄기를 타고 큰 강이 있는 곳으로 나아가기 시작했다.

"후우……!"

한록산에서 멀어지자 주남이 나직하게 한숨을 쉬었다. 그러고는 어느새 구름에 휩싸인 한록산을 되돌아봤다.

"왜, 긴장이 풀려?"

"이제 좀 살 것 같군."

궁비영의 물음에 주남이 대답했다.

"그렇게 긴장했었어? 그래 보이지 않던데……."

"내심 크게 긴장하고 있었지. 여차하면 목이 달아날 판인데

안 그렇겠어?"

"하긴… 그런데 오죽노가 다른 말은 하지 않았어? 이렇게 쉽게 널 믿는다는 게……."

"음, 협박을 받긴 했지."

"무슨 협박?"

궁비영이 궁금한 표정으로 물었다. 그러자 주남이 인상을 찡그리며 말했다.

"중광!"

"그 녀석은 왜……?"

"오죽노가 이런 말을 하더라고. 죽마고우는 혈육과 같아서 본래 운명을 같이하는 법이라고……."

"크크크, 살쾡이 같은 자로군."

"그러게 말이야. 자신의 제자를 이용해서 날 협박하다니. 내가 자신을 배신하면 중광을 죽이겠다는 말이지."

"그래서 넌 뭐라고 대답했어?"

"사내라면 나이 스물이 넘으면 부모도 떠나는데 하물며 친구겠냐고 했지."

"그러니까?"

궁비영의 호기심이 동했다. 주남과 오죽노 모두 머리 쓰는 일에는 양보가 없는 사람들이다.

두 사람의 입씨름이 제법 재밌게 느껴진 것이다.

"그러자 그자가 다시 이런 말을 하더라고. 그렇다면 죽마고우라 해도 서로의 뜻이 다르면 생사를 다툴 수도 있겠다고 말이야. 그 말인 즉슨 내가 배신하면 중광을 보내 죽이겠다는 거지.”

“하아! 참으로 성정이 독한 자야.”

“그러게 말이다. 하지만 그래서 우리에겐 다행이지.”

주남이 웃으며 말했다.

“그건 또 무슨 말이냐?”

“그자에게 포용력까지 있었다면… 천하는 반드시 그자의 손에 들어갔을 테니까. 그자의 독심이 그를 두려운 존재로 만들었지만, 반면에 그 때문에 그의 곁에 사람이 많이 모이지 않는 거야. 구천맹의 수장들이 그를 배척한 이유도 그런 것 아니겠냐?”

“듣고 보니 그렇군.”

궁비영이 고개를 끄떡였다. 그러면서 새삼스레 주남에 대해 탄복하는 궁비영이다.

주남은 정말 어린 시절의 그가 아니었다. 오죽노 정도의 사람을 상대하면서도 주남은 냉정함을 잃지 않고 있었다.

“아무튼 염초는 구해보자고.”

주남이 말했다.

“염초를 그에게 전할 생각은 없다.”

궁비영이 대답했다.

“그럼 중광이 날 죽이러 올 텐데?”

주남이 히쭉거리며 말했다.

“그야말로 내가 바라는 바지. 오붓하게 둘이 만날 수 있을 테니까."
"정말 그걸 바라?"
"난전 속에서 녀석을 만나는 것은 원치 않아."
궁비영이 대답했다.
그러자 주남이 긴 한숨을 내쉬었다.
"후우……!"
"운명대로 되겠지."
궁비영이 무심하게 말을 덧붙였다.
그러는 사이 배가 어느새 주남의 상선에 이르렀다.
상선 위에 동왕 귀보전과 남왕 적하연의 모습이 보인다. 두 사람의 얼굴에 반가운 기색이 역력하다.
궁비영이 변을 당할 거라고는 생각지 않았지만, 그래도 궁비영과 주남이 무사히 나온 것을 보니 마음이 놓이는 듯싶었다.
"우린 이 배로 따르겠소."
상선에 이르자 차우가 배를 궁비영이 타고 있는 배에 붙이며 말했다.
"함께 가시지 않고요? 너른 배가 편할 터인데……."
"사람들 이목이 있소. 우릴 알아보는 사람이 있을 수도 있으니 항주까지 멀리서 움직이겠소."
"그렇군요. 알겠습니다. 그럼!"
주남이 고개를 끄떡이고는 상선에서 내린 줄사다리를 타고 배를 옮겨 탔다. 궁비영은 가볍게 발을 굴러 허공으로 떠오르더니 새처럼 상선 위로 날아내렸다.

"음… 과연 장산문이군."

차우가 궁비영의 신법에 감탄하며 중얼거렸다.

"확실히 보통 사람은 아니군요."

섬아랑 역시 고개를 끄떡이며 궁비영이 올라간 배를 바라봤다.

"무사하셔서 다행입니다."

궁비영과 주남이 배에 오르자 귀보전과 적하연이 다가서며 반갑게 말을 건넸다.

"크게 위험할 것도 없었습니다."

궁비영이 대답했다.

"그를 보셨습니까?"

귀보전의 물음에 궁비영이 고개를 끄떡였다.

"어떠하던가요?"

"몸은 모두 회복한 듯 보이더군요."

"역시… 한록산의 사정은 어떻습니까?"

"용담호혈! 함정에 빠지면 살아나오기 힘든 곳이었습니다. 더군다나 그는 거기에 더해 또 다른 함정을 준비하려는 것 같더군요."

"함정이라면……?"

"항주로 갈 것입니다."

"항주요?"

귀보전이 되물었다.
"그곳에서 염초를 구해 오랍니다."
"염초를! 아, 이자가 또 화공을 준비하는 모양이군요."
귀보전이 얼굴에 노기가 서린다. 마곡산의 일이 떠오른 모양이었다.
"큰 도박을 시작하려는 거지요."
궁비영이 말했다.
"하긴 때가 되긴 했습니다. 그로서도 마지막 패를 꺼낼 때가 된 것입니다."
귀보전이 고개를 끄떡인다.
"일단 항주로 가지요."
"알겠습니다. 만화도에도 소식을 전하겠습니다."
말을 하고 난 귀보전이 빠르게 물러났다.
"항주에 가봤어?"
갑자기 주남이 물었다.
"아니."
"아주 좋은 곳이지."
주남이 실실거리며 말했다.
"무슨 뜻이냐?"
"네 녀석과 중광 같은 놈들에겐 천국과 같은 곳이란 뜻이다. 주루와 기루가 가득한 곳이라고. 북산의 망나니들에게 이보다 좋은 곳은 없을 거야."
주남의 말끝에 우울함이 느껴졌다. 궁비영 역시 북산에서의 어린 시절을 떠올리며 중광이 있는 한록산 쪽으로 시선을 돌렸다.

* * *

언제부터인가 강호에 한 가닥 소문이 퍼지기 시작했다.

처음 그 소문은 마천과 구천맹의 치열한 싸움에 밀려 사람들의 이목을 그리 끌지 못했다.

그러나 시간이 흐르면서 하나둘 그 소문에 관심을 기울이는 사람들이 생겨났다. 그리고 어느 순간부터는 구르는 눈덩이처럼 사람들의 관심이 급격하게 부피를 키워갔다.

급기야는 그 소문을 따라 움직이는 사람들도 생겨났다. 그리고 어느 순간 소문은 마치 천둥처럼 강호를 뒤흔들었다.

육혈무성(六血武聖)!

그 위대한 이름이 강호를 진동시켰다.

삼백 년 전 고금 유일의 절대세로 존재했던 이름이 현세에 다시 거론된 것이다.

수백 년 전 장장 삼십 년간 이어졌던 육혈무성의 시대에는 정사양도를 막론하고 모두가 육혈무성 아래 숨을 죽였다.

여섯 명의 절대자는 그 누구의 도전도 허락하지 않았다.

천하의 여섯 곳에 흩어져 세상을 지배하던 그들에게 소림의 장문인조차도 고개를 조아릴 정도였다.

정과 사를 아우르는 육혈무성의 군림은 무림사 이래 가장 불가사의한 사건으로 기록되어졌다.

그런 그들이 어느 날 한순간에 사라졌을 때조차도 천하의 고수들은 감히 십여 년 동안은 함부로 세상에 나아가지 않았다.

언제라도 육혈무성이 나타나 고개 든 자의 목을 쳐버릴 것 같은 불안감이 그렇게 강호를 여전히 그들의 시대로 만들었던 것이다.

그러길 십 년이 지난 후에야 명문대파와 천산 마교의 활동이 시작되고 강호는 다시 육혈무성 이전의 시대로 돌아갈 수 있었다.

그런데 그 전율적이던 육혈무성의 이름이 다시금 강호를 떠돌고 있었다.

처음에는 그저 누군가 지어낸 헛소문 정도로 여겨졌던 그 풍문이 언제부턴가 사람들을 움직이기 시작하자, 육혈무성에 관한 소문은 구천맹과 마천의 조차도 눈을 돌리게 만들었다.

구천맹과 마천이 은밀히 그 소문을 쫓기 시작했다. 덕분인지 양 세력의 충돌은 급격하게 줄어들었다.

구천맹과 마천의 싸움이 사라지니 육혈무성에 대한 소문은 더더욱 힘을 내기 시작했다.

그리하여 급기야 천하가 육혈무성이라는 위대하면서도 공포스런 이름의 폭풍에 휘말려들기 시작했다.

다섯 명의 절대마인이 한곳에 모여 있었다.

그들의 얼굴은 밝지 못했다. 어두운 기색이 역력한 그들 사이에선 나직한 한숨조차 흘러나왔다.

그들이 모여 있는 곳은 과거 비산문의 터전이었던 장원이다.

“그래서 결국 구천맹과의 싸움을 뒤로 미루고 본격적으로 소문을 좇자는 말이오?”

오랜 침묵 끝에 불같은 안광을 흘려내며 마불 구르간이 물었다. 그의 시선을 혼마 상묘운에게 닿아 있다.

“지금으로썬 그게 최선이오.”

상묘운이 대답했다.

“이 싸움이 정말 승산이 없소?”

마불 구르간이 다시 물었다. 그러자 상묘운이 냉정한 표정으로 대답했다.

“주악산에서의 손실이 너무 크오. 구천맹과 유령문의 동맹을 끊지 못했고, 목왕을 잃었소. 본래부터 구천맹에 비하면 세가 부족했던 우리요. 그런데 목왕의 죽음으로 형제들의 전의가 크게 꺾였소.”

“그러나 구천맹 역시 둘로 분열되지 않았소?”

이번에는 마궁 종고구가 물었다. 분열된 구천맹이라면 충분히 상대할 수 있지 않느냐는 것이다.

“분열되어도 결국 둘 모두 우리의 적이오. 언제 그들이 다시 하나로 모일지 알 수 없는 것 아니겠소? 순리로 따지자면 우린 즉시 천산으로 물러나야 하오. 그러나… 이게 행인지 불행인지 모르겠지만 육혈무성의 유산이 우연처럼 나타났소. 그러니 천산으로 물러나지 않을 것이라면 결국 유혈무성의 유산에 집중하는 것이 우리에게 남겨진 마지막 패가 될 것이오."

"우울하군."

마불 구르간이 눈을 감으며 중얼거렸다. 그러자 종고구가 검마 황조에게 물었다.

"검마께선 어찌 생각하시오?"

질문을 받은 검마 황조가 무겁게 입을 열었다.

"전세에 상관없이 육혈무성의 유산이 등장했다면 간과할 수 없소. 육혈무성의 무공이 현세에 나타난다면 결국… 구천맹이든 우리 마천이든 다시금 어둠의 시기를 보내야 할 것이니까. 다행인 것은 그들의 후예가 아니라 그들의 유산이 나타났다는 것이오. 그건 곧 주인 없는 보물이란 뜻 아니겠소?"

"결국 소문을 좇자는 말이시구려."

종고구가 물었다.

검마 황조가 천천히 고개를 끄떡였다.

"혹 다른 의견이 있으시오?"

상묘운이 기다리지 않고 질문을 던졌다. 그의 질문에 마두들이 모두 침묵을 지킨다.

그러자 상묘운이 다시 입을 열었다.

"그럼 결정을 한 것으로 하겠소이다."

상묘운의 말에 마불 구르간이 눈을 감고 고개를 저으며 중얼거렸다.

"젠장, 이젠 죽은 사람 옷자락이나 쫓아야 하는 신세인 건가? 천하의 마천육마가……."

제2장

장보도

궁비영과 주남이 육혈무성의 유물을 찾을 수 있는 장보도에 대한 이야기를 들은 것은 항주에 도착할 무렵이었다.

유령문의 유령사들은 강호의 소문에 누구보다 빨리 반응한다. 더군다나 그것이 육혈무성에 대한 것이라면 더더욱 그러했다.

"그들은 어디로 간 거지?"

문득 배 위에서 주남이 물었다. 상선의 뒤를 따라오던 오죽노의 제자들이 보이지 않았기 때문이었다.

"조금 전에 다른 방향으로 움직였다."

궁비영이 대답했다.

"스승처럼 음흉한 자들이군."

"구천맹의 눈이 천하에 산재해 있으니 몸을 숨길밖에……."

"그나저나 대단해. 설마 육혈무성의 무공을 내놓을 줄이야 누가 알았겠어?"

주남이 탄복하듯 말했다.

"아직 내놓은 것은 아니지."

"하지만 장보도와 함께 떠도는 무공구결 몇 줄기는 진품이라며?"

"대단한 건 아냐. 무공이란 것은 완전하지 않으면 아무 소용없는 것이니까. 외려 위험할 수도 있지."

"아무튼 그는 천하의 무인들을 한록산으로 끌어들이려는 거겠지?"

"그렇겠지. 장보도가 나돈다고 해도 결국 그 장보도가 가리키는 곳은 한록산 육혈봉일 테니까. 아무튼 일이 묘하게 됐군."

"무슨 말이냐?"

"만약 천하인을 한록산으로 끌어들였는데 염초에 문제가 생기면 어찌 될까?"

"설마 염초를 정말 한록산에 가져가란 말이냐?"

주남이 놀란 표정으로 물었다.

처음 궁비영은 어떻게 해서든 염초를 조달하는 일을 불가능하게 만들 생각을 했었다. 그런데 생각이 바뀌었는지 궁비영이 염초를 한록산으로 가져가려 하고 있었다.

"어쩌면 염초를 가져가는 것이 일을 더 쉽게 만들 수도 있겠어.”

궁비영이 대답했다.

“함정에 함정을 파겠다는 생각인 거냐? 그러나 그런 자가 염초를 소홀히 관리하겠어? 아마 무엇보다도 조심스레 다룰 거다.”

“그렇겠지. 하지만 일단 그의 눈으로 확인한 염초는 더 이상 의심하지 않을 것 아니냐?”

“설마 육혈봉 안에서 염초를 손보겠다는 거냐? 그건 너무 위험해.”

주남이 고개를 저었다.

오죽노가 확인한 염초들을 뒤에 다시 손본다는 것은 승산이 거의 없는 싸움이었다. 그러나 궁비영은 여유가 있어 보였다.

“나와 유령사들이라면 가능하지.”

“아서라. 내가 보기엔…….”

“됐어. 그 일은 내가 유령문의 사람들과 알아서 하지.”

“섶을 지고 불로 뛰어드는 경우가 될 수도 있어.”

“그런 일을 해내기 때문에 유령문이 무서운 거야.”

“휴… 이놈이 정말 할 생각인 모양이네.”

주남이 고개를 저으며 중얼거렸다. 그러자 궁비영이 어둑해지는 하늘을 보며 대답했다.

“모든 일은 그곳에서 다시 끝나게 될 거야. 그 옛날 육혈무성의 시대가 육혈봉에서 무너졌듯이 말이야. 이번에는 오죽노가 그곳에서 자신의 꿈이 허물어지는 것을 경험하게 될 거야.”

무선이란 자를 만나는 것은 크게 어렵지 않았다. 항주에서 바다로 나아가는 길목에서 가장 큰 장원을 찾으면 되기 때문이었다.

상인 무선의 장원은 천하에서 모아 온 물건들로 가득했다. 다섯 개의 커다란 창고가 있었고, 산허리를 뚫고 들어간 석굴 창고도 존재했다.

알려지기로 상인 무선이 주로 거래하는 것은 곡식과 포목이었다. 모두 부피가 큰 물건으로 거대한 창고를 운영하는 것이 당연한 장사들이었다.

그런데 사실 그가 그렇게 큰 창고와 깊은 석동을 필요로 한 것은 곡물과 포목의 거래 이면에 감춰진 비밀이 있기 때문이었다.

그것이 바로 염초와 소금이었다.

이 두 가지는 관에서 철저히 그 거래가 통제되는 물건들이다. 그래서 일단 은밀히 거래가 성사되면 엄청난 이문을 남길 수 있는 물건들이기도 했다.

무선은 곡물과 포목으로 사람들을 눈을 속이면서 바로 그 염초와 소금을 거래하는 흑상(黑商)이었다.

삐걱삐걱!

주남과 궁비영을 태운 작은 배가 어지럽게 이어지는 수로를 따라 이동했다.

무선의 장원을 찾은 두 사람을, 무선의 수하들이 작은 배에 태워 도로 항주로 데리고 나왔다.

그러고는 강 위에 지어진 주루와 기루 사이를 제법 오랫동안 돌아다니고 있었다.

"도대체 언제나 무 대인을 볼 수 있소?"

주남이 그들을 안내하는 중년 사내에게 물었다. 그러자 중년 사내가 의뭉스런 미소를 지으며 대답했다.

"아이고, 이거 죄송합니다. 대인께서 워낙 미주가효를 좋아하셔서 벌써 세 번이나 주루를 옮기셨다는군요."

"사전에 약속을 잡지 않았소?"

주남이 불쾌한 가색으로 말했다. 그러자 사내가 다시 입을 열었다.

"그러게 말입니다. 평소에는 이런 분이 아닌데… 아마도 천하절색의 기녀가 나타났나 봅니다."

듣고 보면 무척 불쾌한 말이다.

기녀가 주남과의 약속보다 더 중요한 상대라는 뜻이기 때문이었다.

아니면 신중한 경계심일 수도 있다. 기루들 사이를 돌아다니는 것은 주남을 시험하거나 혹은 주남의 뒤를 따르는 자들이 있는지 살피기 위함일 수도 있었다.

그러나 어쨌든 주남으로서는 기분이 좋을 수 없는 상황이다.

"이번에도 만나지 못하면 돌아갑시다."

주남이 궁비영을 보며 말했다. 그러자 궁비영이 말없이 고개를 끄떡였다.

"아아, 그럴 일은 없을 겁니다. 이번 기루에는 반드시 있을 겁니다. 그곳에 바로 그 천하절색의 기녀가 있거든요."

중년 사내가 다시 음흉한 미소를 지으며 말했다.

일행이 찾은 세 번째 기루는 청색 등이 신비로운 빛을 내며 걸려 있는 수상 주루였다. 시끌벅적한 다른 주루와 달리 안에서 흘러나오는 소리도 은은한 비파 소리다.

"오셨습니까?"

일행의 배가 도착하자 주루 안에서 중년 여인이 배가 닿는 곳까지 내려와 중년 사내에게 인사를 한다.

"대인은 안에 계시는가?"

"계십니다."

"알겠네. 하면 들어가서 대인께 약속한 손님이 오셨다고 전하시게."

"알겠습니다. 그럼 천천히 올라오시지요."

여인이 고개를 숙여 보이고는 서둘러 계단을 올라갔다.

순간 궁비영의 눈빛이 반짝였다.

'주루에서 일하는 여인이 무공이라… 이제 보니 무선이란 자의 다른 거처인 모양이군.'

주루의 여인이 무공을 알고 있다는 것은 이 주루가 평범한 곳이 아니라는 의미다. 그런 곳에서 거래를 하려 한다면 이곳은 무선의 또 다른 거처가 분명했다.

아마도 염초와 소금의 거래는 이런 비밀스런 장소에서 홍정하는 모양이었다.

"가시지요, 대인!"

사내가 제법 공손하게 주남에게 길을 안내한다.

그러자 주남과 궁비영이 배에서 내려 사내를 따라 계단을 오르기 시작했다.

"흠흠!"

둔중한 체구에 날카롭게 찢어진 눈, 그러나 여인처럼 고운 손을 지닌 사내가 연신 향초에서 나는 연기를 흡입하고 있었다.

앵속은 아닌 것 같은데 기이하게 사람의 마음을 흔드는 냄새를 흘려내는 연초였다.

"대인, 주 대인께서 오셨습니다."

"흐읍, 흡… 모시게."

사내가 슬쩍 눈을 치뜨며 말했다. 손님이 왔는데도 일어나지도 않는다. 주남의 방문이 안중에도 없는 모습이다.

"들어가시지요."

사내가 겸연쩍은 모습으로 주남과 궁비영을 안으로 들였다.

두 사람은 안으로 들어와서 두 번 놀랐다.

하나는 방자하게 흐트러진 상인 무선의 모습에 놀랐고, 다른 하나는 정말 경국지색의 미인이 방 안에 있었기에 놀랐다.

무선의 곁에서 시중을 들고 있는 여인은 무선이 주남과의 거래를 등한시할 만큼 아름다웠다.

'이런 여인이라면 대사를 그르칠 만하군.'

궁비영이 무선의 곁에 앉아 있는 여인을 보며 생각했다.

그런데 그때 무선이 슬쩍 허리를 세워 앉으며 여인에게 손짓을 했다.

"나가 있게. 난 일을 해야 해."

"알겠습니다, 대인!"

여인이 다소곳이 대답하고는 천천히 자리에서 일어나 방 안을 벗어나기 시작했다. 그런데 방을 벗어나던 여인이 슬쩍 궁비영과 주남을 바라봤다.

순간 궁비영은 잠시나마 아득한 느낌을 받았다. 금세 정신을 차리기는 했으나 여인이 뿜어내는 염기가 보통이 아니었다.

'이건… 섭혼이군!'

궁비영이 한순간 여인의 아름다움에 대한 비밀을 알아챘다. 여인은 섭혼의 사술을 펼치고 있었던 것이다.

섭혼을 통해 무선까지 현혹한 것인지는 알 수 없으나 그녀의 눈빛에는 거부하기 힘든 섭혼의 기운이 담겨 있었던 것이다.

'이제 보니 자칫 잘못하면 죽을 자리로구나!'

궁비영이 내심 긴장한 표정을 지었다. 이런 곳에서는 한순간 실수가 목숨을 앗아간다.

"앉으시오."

무선이 말했다. 그러자 주남과 궁비영이 무선 앞에 자리를 잡고 앉았다.

"한 대 피우시려오?"

무선이 연초를 권한다. 그러자 주남이 고개를 저었다.

"됐소."

"음… 아직 연초 맛을 모르시는군."

"연초를 입에 물 나이는 아니오."

"후후, 난 애송이는 상대하지 않는데?"

무선이 히쭉 웃으며 말했다. 그러자 주남이 정색을 하며 말했다.

"알고 있겠지만, 난 개봉의 주남이오."

"아, 물론 소문은 들었소. 젊은 나이에 개봉의 상권을 장악했다고……."

"또한 구천맹이나 마천과도 거래하오."

순간 무선의 표정이 변했다. 흐트러진 모습은 사라지고 둔중한 몸 안에서 날카로운 기운이 흘러나온다.

"지금 날 협박하는 거요?"

무선이 물었다. 구천맹과 마천을 거론하는 것은 생각하기에 따라 협박으로 들릴 수도 있기 때문이었다.

"좋도록 생각하시오."

주남이 굳이 부인하지 않았다.

"거래를 할 생각이 없군."

무선이 고개를 오른쪽으로 꺾으며 말했다.

"알고 싶지 않소? 내가 무슨 거래를 원하는지?"

주남이 상대의 반응에 아랑곳하지 않고 물었다.

두 장사치 사이에서 날카로운 신경전이 벌어지고 있었다. 궁비영에게는 생소한 싸움이다.

그리고 이런 말씨름이 궁비영에게는 영 마땅치 않게 생각되는 것이다. 그렇다고 주남의 흥정에 끼어들 생각은 없었다.

"좋아. 들어보기나 합시다."

"염초 일만 근!"

주남이 짧게 말했다.

순간 무선의 표정이 일변했다. 그의 눈에서 안광이 번쩍인다.

그가 말없이 옷깃을 여민다. 흐트러진 옷을 정리하고 허리를 펴고 앉자 숨겨졌던 대상(大商)의 풍모가 여실히 드러났다.

"어디서 들었소?"

"알 만한 사람에게서 들었소."

무선이 물은 것은 자신이 염초를 취급한다는 사실을 어디서 들었냐는 것이고 주남은 그 출처를 숨겼다.

"이것 참 곤란하게 되었군."

무선이 술을 한 모금 들이켜며 중얼거렸다.

"가능하겠소?"

주남이 물었다.

그러자 무선이 눈을 감으며 중얼거렸다.

"물건을 구하는 것이야 어렵지 않소. 그런데… 문제는 당신들이 오늘 목숨을 부지할 수 있느냐 하는 것이오. 살아 있어야 거래도 할 것 아니오?"

협박이다. 수틀리면 이 자리에서 두 사람을 죽이겠다는 의미다.

그리고 무선이 정말 살의를 내보였다. 그의 말이 끝나는 순간 방 밖에서 서늘한 기운들이 움직였던 것이다. 살수들이다.

"거래를 못하면 그만이지 사람까지 죽일 필요가 있겠소?"

살수들의 움직임을 알면서도 주남은 여유있게 물었다. 그러자 무선의 눈에 이채가 서린다.

"과연 개봉을 장악한 사람답군. 죽음 앞에서도 긴장을 하지 않으니… 배포가 대단하오."

무선의 말에 주남이 고개를 저었다.

"죽음이 두렵지 않은 사람이 어디 있겠소. 단지 죽지 않을 것이니 두려워하지 않는 것뿐이오."

"거래를 자신하는 것이오?"

"아니오. 염초 일만 근의 거래를 어찌 자신하겠소. 단지 거래가 틀어져도 죽지 않을 자신이 있다는 거요."

주남의 말에 무선이 가뜩이나 가는 눈을 더 가늘게 떴다.

"무슨 뜻이오?"

"좋을 대로 생각하시오."

이젠 외려 주남이 협박하는 것처럼 보인다. 그러자 무선의 눈에서 차가운 살기가 흘러나왔다.

"감히 나 무선을 협박하는가?"

"협박을 시작한 것은 그대요. 하지만 죽고 사는 문제야 나중

일 아니겠소? 일단 거래만 성사되면 누가 죽을지 걱정할 필요가 없지 않소. 그러니 염초 일만 근에 대한 이야기나 해 봅시다."

주남의 말에 무선이 가만히 눈을 감았다. 그러고는 한참 동안 무슨 생각인가를 하다 입을 열었다.

"염초를 원하는 곳이 어디요? 구천맹이오? 아니면 마천이오?"

주남이 구천맹과 마천 양쪽 모두와 거래를 한다는 사실을 알고 있는 무선으로선 당연한 질문이었다.

"거래는 나와 하는 것이오. 그 이상을 원하지 마시오."

"후우… 정말 거슬리는 상대군."

무선이 고개를 저으며 중얼거렸다.

그는 주남이 마음에 들지 않았다. 그러나 상대가 마음에 들지 않는다고 거래를 하지 않을 수도 없다.

오늘의 거래는 그 결말이 둘로 정해져 있는 거래다. 거래가 성사되든지 아니면 둘 중 한쪽이 죽든지. 물론 양쪽 모두 자신들이 살아난다는 확신을 가지고 있다는 것이 문제기는 했다.

"거래의 끝을 알지 못하면 응할 수 없소."

무선이 고개를 저으며 말했다.

"그렇소? 알겠소. 그럼 이 거래는 없던 것으로 하겠소."

"나 말고 다른 곳에서 염초를 구할 수는 없을 텐데?"

그러자 주남이 고개를 저으며 말했다.

"그럴 리가 있겠소. 오늘 내가 거래를 성사시키지 못하면 내

일 내 친구들이 납실가를 만날 거요."

"납실가!"

무선의 눈이 화등잔처럼 커졌다. 그 이름을 어찌 알고 있느냐는 표정이다.

"나와 내 친구들은 일을 허투루 하는 사람들이 아니오."

주남이 진중한 목소리로 말했다.

"정말 납실가를 아시오?"

"물론, 당장 그와 선을 댈 수 있소."

"음……."

무선이 침음성을 흘렸다.

납실가는 천하 상계에서 유령 같은 인물로 알려진 자다. 그 실체조차 불분명한데 성공하지 못한 거래가 없는 것으로 유명했다.

세상에서 팔지 못할 것이 없는 자, 지옥 염왕의 목을 가져오라고 해도 가져다 팔 인물이라는 것이 납실가에 대한 평가다.

해서 혹자는 납실가가 한 사람이 아니라 어떤 상인 집단을 가리킨다고도 했다. 그동안 납실가라는 이름으로 행한 상행들이 한 사람이 감당할 수 있는 한계를 벗어나기 때문이었다.

그런 자를 만날 수 있다니 무선으로서도 놀라지 않을 수 없었다.

"이제 선택하시오. 우린 시간이 많지 않소."

주남이 무선을 다그쳤다. 그러자 무선이 물었다.

"그를 안다면 왜 처음부터 그를 찾지 않고 날 찾은 거요. 그라면 확실히 이 거래를 받아들였을 텐데……?"

"이유는 간단하오. 그의 물건은 너무 비싸니까."

"내 물건도 비싸오. 염초 일만 근이면… 족히 십만 냥의 거래요."

"그래도 납실가보다는 싼 축이오."

"그와 거래를 해보았소?"

"두어 번……."

주남이 대답했다.

"음… 그가 염초도 취급하는 줄 몰랐군."

"내가 그와 염초 거래에 성공한다면 대인은 큰 타격을 입을 것이오. 상계에서 납실가의 이름은 대인을 능가하니 말이오. 상인들은 납실가의 능력을 다시 한 번 깨닫게 되겠지. 염초든… 소금이든!"

주남의 말에 무선이 손을 내저었다.

"협박은 그만하시오. 그가 대단하다고는 해도 나 역시 만만치는 않으니까."

"한 가지 더 소식을 전해주겠소. 날 만나준 선물로……."

"뭐요?"

"납실가는 당신을 노리고 있소. 아니, 정확히는 당신의 상권을 노리고 있소."

"이간계요?"

무선이 눈살을 찌푸린다.

"좋도록 생각하시오. 그리 생각한다면 더 이상 그 이야기는 하지 않겠소. 아무튼… 거래를 하겠소, 말겠소?"

주남이 추궁하듯 물었다. 그러자 무선이 한숨을 쉬며 말했다.

"후우… 잠시 시간을 주시오. 내 바람을 좀 쐬며 생각을 해야겠소. 그사이 술이나 좀 드시구려. 이봐라!"

"예, 대인!"

"여기 새로 술상 좀 차려다 드리거라."

무선이 문 밖의 기녀들에게 명을 내리고는 둔중한 몸을 일으켰다. 워낙 무거운 몸이라 물 위에 떠 있는 기루가 움직이는 듯했다.

"얼마나 걸리겠소?"

주남이 물었다.

"오래 걸리지 않소."

일단 몸을 일으킨 무선이 생각보다 가벼운 발걸음으로 방을 벗어났다.

잠시 후 기녀 둘이 술상을 들고 안으로 들어왔다.

기녀들이 주남과 궁비영 앞에서 술상을 놓고는 자리를 잡고 앉으려 한다.

"되었으니 나가보게."

"아이, 술은 여자가 따라야 제맛이지요."

기녀들이 교태를 부리며 말한다.

"지금 술이 목에 넘어가겠느냐? 그 목이 떨어질까 말까 한

판국에!"

"에구머니, 무슨 그런 험한 말씀을……."

"됐네. 이 술상의 주인이 누군지 알고 있다면 내가 하는 말이 농이 아님을 알고 있을 것! 나가봐라."

주남의 냉정한 말에 기녀들의 표정이 변했다.

얼굴에서 웃음기가 사라진 기녀들이 잠시 머뭇하다 결국 두 사람에게 고개를 숙여 보이고는 방을 벗어났다.

그러자 주남이 궁비영을 보며 물었다.

"날 지켜줄 거지?"

"글쎄다. 보통 인간들은 아니야. 특히 앞서 나갔던 그 여인은… 대단한 무공을 지니고 있어. 섭혼의 무공에 더해서……."

"경국지색의 여인 말이냐?"

"응……."

"이상한 일이지? 그런 여인이 무선이란 자의 곁에 있다니……."

주남이 고개를 갸웃한다.

"재물은 귀신도 부린다잖아."

"그래도 뭔가……."

주남은 여전히 미심쩍은 부분이 있는 모양이었다.

그때였다. 문이 열리면서 무선이 다시 들어왔다. 그런데 방으로 들어온 무선은 혼자가 아니었다.

무선이 무거운 걸음으로 궁비영과 주남 맞은편에 앉았다. 그러자 그와 함께 들어온 초로의 노인 둘이 그의 좌우에 늘어셨다.

그 두 노인을 보는 순간 궁비영은 무선의 생각을 알아챘다.

'검을 쓰겠다면 외려 좋은 일이지. 말씨름을 하지 않아도 되니.'

궁비영이 슬쩍 주남의 다리를 쳤다.

주남 역시 장내의 분위기가 심상치 않음을 알고는 조금 뒤로 물러앉았다. 마치 궁비영에게 이 거래를 맡기는 듯한 느낌이다. 그러면서도 주남은 무선과의 흥정을 멈추지 않았다.

"그래, 결정을 하셨소? 우리도 바쁜 사람들이라……."

"거래는 할 수 있소. 그러나 이 거래 끝에 누가 있는지는 반드시 알아야겠소."

"그건 말할 수 없다고 하지 않았소? 아무래도 이 거래는 힘들겠군. 갑시다, 장 대협!"

주남이 궁비영을 보며 말했다. 한록산에서도, 이곳에서도 궁비영은 장산문의 후예다.

주남의 말에 궁비영이 고개를 끄떡이고는 자리에서 일어나려 했다. 그런데 그 순간 무선이 차가운 목소리로 말했다.

"다시 앉으시오!"

무선의 말이 끝나는 순간 그의 곁에 서 있던 두 노인이 검을 뽑았다. 검을 뽑으면서도 두 노인의 얼굴에는 어떤 감정도 드러나지 않는다.

감정을 통제하는 자라면 고수다.

"지금 정말 검을 쓰겠다는 거요?"

주남이 물었다.
"그렇소."
무선이 부인하지 않고 대답했다.
"거래를 하자고 온 사람을 검으로 협박했다는 소문이 세상에 전해지면 주 대인의 명성은 땅에 떨어질 거요."
"그쯤이야 감수할 수 있소. 그리고… 오늘 이곳에서 일어나는 일이 과연 세상에 전해지겠소?"
살인멸구를 할 수 있다는 말이다.
"주 대인을 만나고 있는 것은 우리 두 사람이지만 항주엔 우리 두 사람만 온 것이 아니오. 그리고… 우리가 죽는다면 주 대인도 죽을 것이오. 그건… 내 장담하겠소."
"과연 뒤에 무림 세력이 있구려."
주남의 말을 듣고 무선이 확신하듯 말했다.
"그럼 염초를 보통 사람이 찾겠소?"
"누구요?"
"몇 번을 물어도 대답할 수 없소."
"음… 아쉬운 일이오. 말로써 해결이 안 되니."
무선이 진심으로 아쉬운 빛을 보이며 검을 들고 서 있는 두 노인에게 말했다.
"죽이지는 마시오!"
순간 두 노인보다 먼저 궁비영이 움직였다.
혼자라면 서둘 것이 없지만 주남의 안전을 생각하면 선공할 기회를 놓칠 수 없었다.

팟!

갑자기 궁비영의 신형이 그 자리에서 사라진 듯 보이다가 불쑥 왼쪽 노인의 얼굴 앞에 귀신처럼 나타났다. 유령보다!

"흡!"

검을 든 노인이 놀라 숨을 들이쉴 때 궁비영의 검은 어느새 노인의 검 든 팔을 잘랐다.

팟!

시뻘건 피가 순식간에 주안상에 뿌려졌다.

순간 궁비영이 노인과 노인 사이에 앉아 있던 상인 무선의 등을 밟고 넘으며 반대편 노인을 공격했다.

"놈!"

자신의 동료가 속절없이 팔이 잘리는 것을 목도한 반대편 노인이 노성을 터뜨리며 궁비영을 향해 검을 휘둘렀다.

매서운 검풍과 함께 뿌연 검기가 일어난다. 역시 일류를 넘어선 무인이다.

그런데 그런 노인을 향하던 궁비영의 신형이 한순간 흐릿해지더니 마치 연기가 검을 통과하듯 노인의 검기를 스치고 지나가며 그대로 수도(手刀)를 만들어 노인의 목을 쳤다.

"컥!"

노인이 격렬한 비명을 지르며 그 자리에 고꾸라졌다.

한순간에 두 노고수를 제압한 궁비영이 지체하지 않고 술상 위로 올라서더니 한 발을 들어 무선의 이마를 밟았다.

"기다리시오, 장 대협!"

주남이 급히 궁비영을 만류했다. 그러자 궁비영이 무선의 이마에 댄 발을 그대로 둔 채 주남을 돌아봤다.

"그를… 그를 죽일 필요는 없소."

주남이 급히 만류했다. 그러자 궁비영이 나직하게 말했다.

"주 대인도 알다시피 난 지금껏 내 목숨을 노린 자들을 살려둔 적이 없소."

"물론 나도 잘 알고 있소. 하지만 우린 거래를 하러 오지 않았소?"

"거래는 이미 깨진 것 같소만."

"아니오. 아직은 아니오. 그렇지 않소? 무 대인……."

주남이 궁비영의 발아래 있는 무선을 보며 말했다.

"그… 그렇소."

무선이 고통스런 목소리로 말했다. 궁비영의 발에 의해 그의 목은 부러지기 일보 직전이었다.

"난 이 거래를 계속하고 싶소, 장 대협!"

주남이 짐짓 궁비영에게 부탁조로 말했다. 그러자 궁비영이 무선의 이마에서 발을 뗐다. 그러고는 무선을 내려다보며 말했다.

"다시 한 번 이따위 짓을 하면 그땐 누가 말린다 해도 살려두지 않겠다."

주남에겐 무선이 거래의 상대지만 궁비영에겐 자신에게 살수를 쓰려 했던 적에 지나지 않는다는 표정이다.

"아, 알겠소. 미안하오."

무선이 얼른 고개를 끄떡였다. 그의 둔중한 몸에서 땀이 비오듯 흐른다.

궁비영이 그 모습을 잠시 바라보다 지나가는 말처럼 중얼거렸다.

"역시 세상 소문은 믿을 게 못 되는군. 이렇게 배포가 작을 줄 몰랐어. 천하제일의 상인이라더니… 아니면 뒤에 누가 있나?"

궁비영의 말에 무선의 얼굴이 딱딱하게 굳어졌다. 그 표정의 변화는 절대 노련한 상인의 그것이 아니다. 더불어 궁비영의 짐작이 맞다는 의미이기도 했다.

항주의 대상 무선의 뒤에는 또 다른 자가 존재하는 것이다.

"주 대인, 이자는 주인이 아닌 것 같소. 그런데 주인이 아닌 자와 거래할 수 있겠소? 그것도 염초 일만 근을?"

궁비영이 주남을 보며 물었다. 그러자 주남이 고개를 저었다.

"모든 일을 그에게 일임했다면 상관없소이다."

"꼭 그런 것 같지도 않은데… 뭐, 아무튼 난 상관치 않겠소."

궁비영이 그 말을 끝으로 입을 닫고는 주남의 뒤쪽으로 물러났다.

그러자 주남이 무선에게 말했다.

"무 대인, 흥정을 계속합시다."

"음… 그것이……."

무선이 연신 땀을 흘리며 망설인다. 그런데 그때 갑자기 방문이 열리며 한 여인이 들어왔다.

"거래는 제가 맡지요."

여인의 등장에 궁비영과 주남이 시선을 여인에게로 돌렸다.

방에 들어온 여인은 처음 두 사람이 기루에 도착했을 때 보았던 바로 그 아름다운 여인이었다.

여인의 등장에 궁비영이 재빨리 주남에 다가들며 나직하게 속삭였다.

"섭혼의 술을 쓴다. 눈을 조심해."

"응."

주남이 얼른 고개를 끄떡였다.

주남이 조금 긴장한 표정으로 맞은편에 자리를 잡고 앉는 여인을 바라봤다.

다시 봐도 강렬한 아름다움을 지닌 여인이다. 섭혼술을 지녔다는 말을 듣기 전이라면 그 아름다움에 나라라도 가져다 바칠 판이다.

"두 분은 나가서 얼른 몸을 살피세요."

여인이 궁비영에게 당해 쓰러져 있는 두 고수를 보며 말했다. 여인의 말에 초로의 노인들이 비틀거리며 방을 벗어났다.

두 사람이 나가자 여인이 주남이 아닌 궁비영을 보며 말했다.

"저 두 사람은 우리 상단에서 손꼽히는 고수지요. 그런데 그들을 한순간에 저 지경으로 만들다니 대협의 정체가 궁금하군요."

"그저 주 대인의 신변을 지키는 호위무사로 알아주시면 되오."

"호위무사의 무공으로는 과하군요."

"과하지 않소. 내 무공이 부족했다면 오늘 주 대인은 그대들 손에 큰 곤욕을 치렀을 것이오. 난 외려 그대들의 정체가 궁금하구려. 강호의 대상들이 무인들을 고용해 쓰기는 하지만 검기를 만드는 고수들과 섭혼의 술을 쓰는 여인은 확실히 특별한 존재들이지. 그런데 당신이 실질적인 이 상가의 주인이오?"

궁비영이 되물었다.

그러나 여인은 궁비영의 물음보다 자신이 섭혼술을 쓴다는 사실을 알아챈 궁비영의 눈에 더 놀란 모양이었다.

"이 거래는 반드시 성사시켜야겠군요."

여인이 가볍게 한숨을 쉬며 말했다.

"……?"

궁비영과 주남이 눈빛으로 이유를 묻자 여인이 대답했다.

"당신들은 오늘 하루 동안 우리에 대해 너무 많은 것을 알게 되었으니까요. 거래가 성사되지 않으면……."

한쪽은 정말 죽어야 한다는 말이다. 자신들의 정체가 강호에 알려지는 것을 원치 않는다는 말이기도 했다.

"그럼 흥정들 하시오."

궁비영이 한 걸음 뒤로 물러났다. 거래는 그의 소관이 아니다.

궁비영이 물러나자 여인이 그제야 주남에게 관심을 두었다.

"주 대인의 명성은 익히 들었어요. 그런데 오늘 보니 더 젊으시군요."

"나 역시 놀랐소이다. 무 대인의 뒤에 그대와 같은 미인이 있을 줄이야 누가 상상이나 했겠소."

"제 얼굴을 본 사람은 극히 드물지요."

"그렇다면 기분이 썩 나쁘지는 않구려."

"좋아요. 염초 일만 근이라고 했나요?"

"그렇소."

"십만 냥의 금자를 감당할 수 있나요?"

아무리 주남이 개봉의 상권을 장악한 대상이라도 십만 냥의 금자는 어렵지 않느냐는 말이다.

"이 일에 장사치로서 내 인생을 걸었소."

주남이 대답했다.

"무모하군요."

"그렇기는 한데 성공하면 난 강호제일의 거부가 될 거요."

"하지만 실패하면 모든 것을 잃겠지요."

"후후, 애초에 가진 것 없이 시작한 일이오. 그러니 잃는 것을 두려할 것도 없소. 그저… 일의 성공에 대한 쾌감이랄까, 그런 것이 더 큰 목적이니……."

"이제 보니 물욕이 없군요."

여인이 눈에 이채를 드러낸다.

"재물이 싫은 사람이 있겠소?"

"하지만 주 대인 그대는 그런 것 같군요. 장사치가 물욕이 없다면 큰 흠이라지만 사실 큰 장사꾼은 물욕을 억제해야 하지요. 그런 면에서 주 대인은 강호의 대상이 될 자격이 있으시군요."

"고맙소이다. 그런데… 거래는 하시겠소?"

주남이 반복해서 물었다. 그러자 여인이 잠시 생각에 잠겼다가 대답했다.

"지금 본 상가가 가지고 있는 염초는 일만 근이 되지 않아요. 그 양을 모두 모으려면 보름은 필요한데……."

"기다리겠소이다."

"좋아요. 대금은 언제 치를 수 있나요?"

"오늘 일만 냥을 드리겠소. 물건을 확인한 후 사만 냥, 물건이 제때, 원하는 곳에 도착하면 나머지 오만 냥을 드리겠소."

"이런 말은 뭣하지만 서역으로 나가면 절반의 값으로 구할 수 있는데 굳이 우릴 찾아온 이유가 뭔가요? 주 대인이라면 충분히 서역까지 선이 닿아 있을 텐데……."

"시간을 벌기 위함이오."

주남이 짧게 대답했다.

"그 말은 이 염초들이 곧 쓰일 수도 있다는 말인가요?"

여인이 걱정스런 표정으로 물었다. 그러자 주남이 고개를 저으며 대답했다.

"이 일에 대해 더 이상 묻는다면 이 거래는 없던 것으로 하겠소."

주남의 말에 여인이 가볍게 고개를 숙여 보인다.

"죄송해요. 관심이 지나쳤군요. 하긴 강호에선 모르는 것이 약일 때가 많지요. 그럼 보름 뒤에 무창에서 보지요."

"무창?"

"그곳에 염초를 모을 거예요. 물건은 무창에서 확인하고, 중도금을 받은 이후 원하시는 곳까지 운반해 드리지요."

"알겠소. 그런데… 나도 하나 물읍시다."

"말씀하세요."

"그대의 이름이 뭐요?"

주남의 물음에 여인이 빙그레 미소를 지으며 고개를 젓는다.

"그것이야말로 너무 위험한 질문이군요."

여인의 대답에 주남이 쓴웃음을 지으며 자리를 털고 일어났다.

"알겠소. 더 이상 묻지 않겠소. 그럼 보름 뒤 무창에서 봅시다. 약속한 금자 일만 냥은 남겨두고 가겠소."

"좋도록 하시지요."

여인이 자리에서 일어나지도 않고 고개를 끄떡였다.

"장 대협, 그만 갑시다."

주남의 말에 궁비영도 미련 없이 자리에서 일어나 주남과 함께 방을 나갔다.

"도대체 그 많은 염초를 어디에 쓰려는 걸까?"

주남과 궁비영이 떠나자 여인이 턱을 괴며 중얼거렸다.

"정말 이 거래를 하실 생각이십니까?"

그동안 이 상단의 주인으로 알려진 무선이 여인에게 공손히 물었다.

"약속을 했으니까요."

"하지만 일만 근의 염초라면 사람들의 눈을 피하기가 쉽지 않습니다. 위험한 일이지요."

"그래도 십만 냥이면 거래를 할 만하지 않나요?"

"적은 금액은 아니지만……."

"꼭 금자 때문만은 아니에요."

"……?"

"관심이 가더군요. 그 두 사람은……."

"위험한 자입니다. 특히 무공을 쓰는 그 장씨 성을 가진 자는……."

"저도 그렇게 생각해요. 사실 이 거래를 받아들인 것도 그 때문이에요. 그런 자가 거래에 관여한다는 것은 믿을 수 있다는 의미지요. 아무튼 보름의 시간이 있으니 그 안에 지난 몇 달간 주남 그의 행적을 조사하세요. 그럼 결국 염초가 어디로 가는지 알게 되겠지요."

그러자 무선이 눈을 반짝이며 물었다.

"그 말은 이 거래를 깰 수도 있다는……?"

"우리가 위험해질 수 있다면 당연히 거래를 멈춰야지요."

"대가를 치러야 할 수도 있습니다."

"상인에겐 금자가 곧 대가지요. 배상할 준비도 같이 하세요."

"그럼 손해가……."

"상단을 망치는 것보다야 금자를 손해 보는 것이 나아요."

"알겠습니다."

무선이 더 이상 이의를 달지 않고 고개를 숙여 보였다. 그러자 여인이 다시 나직하게 중얼거렸다.

"아무튼 거래야 어찌 되었든 관심이 가는 사람들이에요."

"그렇기는 하지요. 젊은 사람들이……."

무선도 고개를 끄떡였다.

보름이라는 시간은 빠르게 흘러갔다. 그사이 궁비영과 주남은 항주를 떠나 무창에 이르러 있었다.

제3장

기보가 만드는 길

"야제 화령?"

"그렇습니다."

귀보전이 되묻자 중년 사내가 대답했다. 사내는 항주와 무창을 중심으로 활동하는 유령사다.

"처음 듣는군."

"사실 시중에선 헛소문으로 치부되는 이름입니다."

"얼마나 더 알아낼 수 있나?"

"제가 조금 일찍 왔습니다. 한 시진 안으로 야제 화령의 모든 것이 도착할 겁니다."

"음… 알겠네. 거래가 끝나면 다시 오게."

"알겠습니다."

사내가 고개를 숙여 보이고는 배 위에서 사라졌다.

"모르는 사람입니까?"

사내가 사라지자 궁비영이 물었다.

"그렇습니다."

기이한 일이다. 유령사 동왕 귀보전이 모르는 자가 이렇게 큰 상단을 이끌고 있다는 것이 불가사의했다.

유령문은 천하를 눈 안에 두고 있는 문파다. 그런데 그런 유령문의 눈에 있지 않은 천하의 거부가 있었던 것이다.

"아마도 무선이란 자의 이름에 가려져 있었기 때문일 겁니다."

"그렇기는 한데……."

귀보전이 마뜩찮은 표정으로 아미를 모았다. 유령문의 정보력에 대한 의문이 드는 모양이었다.

두 사람은 항주에서 상인 무선을 물러나게 하고 거래를 성사시킨 여인에 대해 이야기를 하고 있었다.

"너도 처음 듣는 이름이냐?"

궁비영이 주남에게 물었다.

"야제 화령이란 이름이라면 들어본 적이 있긴 하지."

"그래?"

"사실 그리 유명한 이름은 아닌데 상인들 사이에선 입에 올리기 꺼려하는 이름이야."

"왜?"

"사람 장사를 하는 것으로 알려졌거든."

"응? 인신매매?"

"뭐, 그런 거지. 하지만 자세한 것은 몰라. 흑상들은 본래 상인들에게도 멸시를 받거든. 아예 관심을 두지 않지."

"흑상이라… 실망이군. 사람 장사까지 하는 여인일 줄이야……."

"그런데 조금 이상한 인물이기는 해."

"어떤 면에서?"

"다른 흑상들은 사람을 사고팔아 이문을 남기는데 알려지기에 야제 화령은 사람을 사기만 하고 팔지는 않는다고 하거든."

"그래? 그건 확실히 이상하군."

"뭐 그래서 사람을 사는 곳은 중원이지만 파는 곳은 다른 곳이라는 소문이 돌지."

"타국에 판다는 거냐?"

"어쩌면……."

"갈수록 마음에 안 드는군."

궁비영이 눈살을 찌푸렸다. 사람 장사를 하는 것도 마음에 들지 않는데 산 사람을 중원이 아닌 타국에 넘긴다는 것은 심성이 독한 자들만이 할 수 있는 일이었다.

팔려 나간 자들이 말도 통하지 않는 타국에서 어떤 삶을 살지는 보지 않아도 짐작할 수 있는 일이다.

"갑자기 의기가 살아나냐?"

"젠장, 의기가 아니라……."

궁비영이 욕설을 내뱉다가 입을 닫았다.

계명흑성이 된 이후 언제나 언행을 조심하는 궁비영이었다. 그런데 주남과 이야기를 하다 보면 자신도 모르게 거친 옛 말투가 흘러나왔다.

"아무튼… 거래가 끝나면 다시 보지 않을 사람이니 신경 꺼."

주남이 말했다.

"그렇긴 하지."

궁비영이 대답을 하면서도 찜찜한 표정을 감추지 않는다. 그런데 그때 그들이 타고 있는 배 쪽으로 한 척의 소선이 다가왔다.

오죽노의 제자 차우와 섬아랑을 태운 배다. 줄곧 보이지 않는 곳에 숨어 있었는데 약속된 날이 되자 모습을 드러낸 것이다.

그들이 탄 배가 주남의 상선을 스쳐 지나는 순간 차우와 섬아랑이 몸을 날려 주남의 배에 올랐다.

두 사람을 내려놓은 소선은 상선과 아무런 상관이 없다는 듯 속도를 줄이지 않고 아래쪽으로 흘러갔다.

"오셨습니까?"

주남과 궁비영이 두 사람을 맞이했다. 두 사람의 배가 다가오는 순간 귀보전과 적하연은 선실로 모습을 감췄다.

물론 이 배에 두 사람이 타고 있는 것을 차우와 섬아랑이 모르는 것은 아니지만 그래도 그들과 함께 있는 시간이 길어지는 것은 좋은 일이 아니었다.

"오늘이 맞소?"

차우가 확인하듯 물었다.

"그렇습니다. 그런데 금자는……?"

염초를 사는 것은 오죽노 쪽이니 금자를 준비하는 것도 오죽노여야 한다.

"준비됐소."

아마도 어딘가 또 다른 오죽노의 배가 머물고 있는 모양이었다.

"자정에 물건을 확인할 겁니다."

"음… 그럼 서둘러야겠구려."

"지금 출발할 겁니다."

주남이 대답을 하고는 뒤를 돌아보며 손짓을 했다. 그러자 상선이 천천히 움직이기 시작했다.

"주위를 잘 살피게."

주남이 노련한 행수 정손후에게 말했다.

정손후가 고개를 숙여 보이고는 수하들에게 다가가 나직하게 주남의 명을 전했다.

그사이 배는 이미 포구에서 멀찍이 흘러나와 강의 중심을 향해 나아가고 있었다.

"듣기로 그의 수하들을 베었다고 하던데 사실이오?"

배가 강 중심으로 나오자 차우가 넌지시 궁비영을 보며 물었다. 물론 질문의 상대는 궁비영이 아니라 주남이다.

"약간의 소란이 있었지요."

"무선이란 자가 부리는 자들이라면 실력이 보통이 아닐 터인데……."

"후후 이쪽도 만만치는 않지요."

"하긴 장산문의 후예시라면……."

어떻게든 궁비영의 입을 열고 싶은 듯한 차우였지만 궁비영은 내내 입을 닫고 어떤 말도 하지 않았다. 그의 시선은 그저 어두운 강을 뚫어지게 바라보고 있을 뿐이다.

그런 궁비영의 모습에 차우가 겸연쩍은 표정을 지을 때 문득 궁비영이 입을 열었다.

"왔소!"

궁비영의 말에 사람들의 시선이 강으로 향했다.

어느새 밤안개가 을씨년스럽게 강물을 덮고 있었다. 그 안개를 뚫고 한 척이 배가 모습을 드러냈다.

강 위에 나타난 배는 그저 그 자리에 떠 있는 듯 보이면서도 어느새 상선과의 거리를 좁히고 있었다. 아마도 이렇게 비밀스런 거래를 위해 특별하게 준비된 배가 분명해 보였다.

두 척의 배가 십여 장 거리를 두고 멈췄다. 그러자 상대편 배에서 상인 무선의 목소리가 들렸다.

"주 대인 오셨소이까?"

"무 대인이셨구려."

주남이 앞으로 나섰다. 서로 거래를 할 사람들인데 배 위에

불도 밝히지 않는다. 아무리 대범한 자들이라 해도 염초 거래를 불을 밝히고 할 수는 없는 모양이었다.

"배를 가까이 붙여라!"

무선의 목소리가 들리고 그가 탄 배가 주남의 상선과 맞닿을 거리로 다가왔다.

그사이 차우와 섬아랑이 뒤쪽으로 물러나 어둠 속에 몸을 숨겼다.

"물건은 준비가 되었소?"

어둠 속에서도 얼굴을 알아볼 정도가 되자 주남이 무선에게 물었다.

"그렇소이다."

"확인해 볼 수 있소?"

"금자는……?"

"준비됐소. 일단 물건부터 봅시다."

주남의 말에 무선이 고개를 끄떡였다.

"좋소이다. 넘어오시오."

무선이 승낙하자 주남이 뒤를 보며 말했다.

"섬 여협!"

주남의 부름에 섬아랑이 주남의 곁으로 다가왔다. 두건으로 반쯤 얼굴을 가린 모습이다.

"함께 넘어오실 거요?"

무선이 새로 나타난 섬아랑을 흘깃 보고는 주남에게 물었다. 그러자 주남이 고개를 끄떡였다.

"염초의 질을 제대로 분별할 사람을 데려온 것이니 오해 마시오."

"하하하, 오해라니 그럴 리가 있겠소? 과연 주 대인이 하는 일에는 빈틈이 없구려. 자, 시간이 없으니 서둡시다."

무선이 손짓으로 주남을 재촉했다. 그러자 주남과 궁비영, 그리고 섬아랑이 무선의 배로 넘어갔다.

본래 오죽노가 자신의 여제자인 섬아랑을 동행시킨 것은 주남에 대한 감시의 의미도 있었지만, 그보다는 염초에 대한 그녀의 해박한 지식 때문이었다.

오죽노는 제자들을 들인 이후 그 자질에 따라 특별한 재능을 키워줬는데 섬아랑의 경우에는 염초를 다루는 법에 특별한 재주가 있었다.

본래 염초를 다루는 일은 남자들에게 어울리는 것이라고 생각하지만 오죽노의 생각은 달랐다. 염초는 위험한 물건이라 섬세한 손을 가진 여인이 오히려 그 일에 적합하다고 생각했던 것이다.

"이쪽으로……."

무선이 세 사람을 배 뒤쪽으로 데려갔다. 그러자 검은 가죽천에 덮인 상자들이 보인다.

"물건은 배 세 척에 나누어 실었소. 그럴 일이야 없겠지만 만약의 경우 한 곳이 잘못되어도 다른 쪽 물건은 성해야 하니 말이오. 아시겠지만 염초를 다루는 일은 무척 조심스러워서 말이오."

"그렇지요."

주남이 담담히 고개를 끄떡였다. 그러면서 다시 무선에게 물었다.

"열어봐도 되겠소?"

"당연한 일 아니오? 물건을 확인하러 왔는데……."

무선이 직접 가죽 천을 걷어내고 몇 개의 상자 중 하나를 열었다.

"자세히 보시구려."

무선이 둔중한 몸을 옆으로 비키며 자리를 내줬다.

섬아랑이 상자로 다가가 염초를 살피기 시작했다. 그녀는 먼저 염초를 만져 습기를 살피고, 그다음에는 손에 올려 냄새를 맡았다.

그러고는 손바닥에 얼마간의 염초를 올려놓고 가볍게 비비면서 염초에 이물질이 섞이지 않았는지를 살폈다.

사람들은 섬아랑의 움직임 하나하나를 주의 깊게 살피며 기다렸다.

"좋군요."

일각여의 시간이 흐른 후 섬아랑이 주남을 돌아보며 말했다. 말처럼 그녀는 만족한 모습이다.

"우리 물건이 조금 비싼 편이기는 해도 품질은 보증하오."

무선이 손에 든 천으로 이마의 땀을 닦으며 말했다. 밤이지만 둔중한 그의 몸이 긴장을 이기지 못하고 연신 땀을 흘리고 있었다.

"물건을 닷새 뒤까지 안휘의 작은 포구로 이동시켜 주시오. 그곳에서 배에 실은 채로 물건을 받겠소. 오늘 건넬 금자는 약속대로 사만 냥, 지난번 것과 합쳐서 오만 냥이오."

"좋소. 그럼 안휘에서 봅시다."

무선이 눈가에 미소를 지으며 대답했다.

"상선 뒤에 따라오는 배가 있을 거요. 그곳에 금자가 있소."

오죽노를 따르는 자들의 배다. 염초를 원하는 사람이 오죽노니 당연히 금자 역시 그에게서 나온 것이다.

구천맹의 총군사 노릇을 하면서 오죽노는 은밀하게 막대한 부를 축적한 모양이었다.

"그럼 조심해서 가시오."

무선이 가는 눈에 미소를 지으며 말했다.

궁비영과 주남이 무선의 인사를 뒤로하고 다시 상선으로 옮겨 탔다. 그러고는 상선을 몰아 무선의 배에서 멀어지기 시작했다.

투박한 배가 대운하 입구에 정박해 있었다. 은은하게 빛이 흘러나왔지만, 화려하지 않은 것으로 보아 기루에서 띄운 화선은 아닌 것이 분명했다.

그렇다고 안에서 싯귀 읊는 사람 소리가 들리지 않으니 풍류를 즐기기 위한 학사들의 배도 아니다.

정체가 모호한 배 쪽으로 한순간 작은 소선이 다가왔다. 그리고 잠시 후 소선에서 몇 명의 사람이 정박해 있던 투박한 배로 날아올랐다.

사람을 옮긴 소선은 유유히 어둠 속으로 사라졌다.

"일은 잘 끝났나요?"

흐린 불빛이 드러나는 선실에서 기다리던 여인이 상인 무선이 안으로 들어서자 물었다.

"그렇습니다."

"금자는 확인했나요?"

"예, 단주!"

"보죠."

여인의 말에 무선이 두툼한 살집을 감춘 소매 사이에서 한 개의 금병을 꺼내 여인에게 건넸다. 그러자 여인이 금병을 불빛 아래로 가져가 세심하게 살피기 시작했다.

여인은 궁비영과 주남이 염초의 거래를 위해 만났던 바로 그녀였다.

상인 무선의 위에 있고, 섭혼공을 쓰며 이름을 밝히지 않았던 그녀가 염초의 거래가 이뤄지는 이곳까지 따라와 있었던 것이다.

"모호하군요."

여인이 눈살을 찌푸렸다. 오랜 경험으로 무선은 여인의 표정이 일이 잘 풀리지 않을 때의 표정임을 알아챘다.

"거래만 무사히 끝나면 그만인데 굳이 그들의 정체까지 알 필요가 있을까요?"

무선이 조심스레 물었다.
“물론 다른 물건이라면 저도 이렇게까지 그들의 배후에 신경 쓰지 않았을 거예요. 하지만 염초는 다르죠.”
“하긴.”
“특히 물건이 새외로 흘러나가는 경우가 생기면 우린 중원에서 더 이상 장사를 하지 못할 거예요.”
“그건 아닐 듯싶습니다. 안휘에서 받겠답니다.”
“그래요? 그럼 다행이군요. 아무튼 이 금병은 출처를 지웠어요.”
“저도 보았습니다.”
본래 대상들이 사용하는 금괴나 금병은 최초에 그 금괴를 만들어낸 지명이나 가문을 금괴에 새겨 넣게 마련이다. 출처를 분명하게 하기 위함이기도 하지만 금괴를 내놓은 곳의 금력을 자랑하려는 목적도 있었다.
그런데 여인이 받은 금병에는 그 출처를 새겼던 글씨들이 교묘하게 지워져 있었다.
“이번 거래는… 뭔가 기분이 좋지 않군요.”
“물건만 인계하면 당분간 다른 거래는 받지 않겠습니다. 십만 냥의 금자면…….”
“그렇게 하세요. 이제 그만 쉬세요. 수고하셨어요.”
여인이 고개를 끄떡였다.
“그럼!”
무선이 여인에게 공손히 머리를 조아리고는 선실을 벗어

났다.

무선이 나가자 여인이 금괴를 들어 자신의 뒤쪽 벽에 있는 금고를 열고 조심스레 넣었다.

그런데 그녀가 금고의 문을 닫으려다 말고 갑자기 움직임을 멈췄다. 그녀는 그 자세 그대로 잠시 침묵을 지키다가 천천히 몸을 돌리며 입을 열었다.

"모습을 보이세요."

여인의 목소리가 기묘하다. 화가 난 듯 차갑기도 하고, 혹은 여유를 잃지 않으려는 듯 느렸다.

여인의 재촉에 문득 선실 문 앞에 검은 인영이 모습을 드러냈다. 얼굴의 반을 가린 두건, 허름한 검은색 무복, 검을 메고 있는 품새는 조금은 허술해 보였다.

그러나 여인은 사내가 나타나는 순간 흠칫한 모습으로 자신도 모르게 검을 집어갔다.

허름해 보이는 사내에게서 흘러나오는 기도가 그녀가 평생 만나보지 못한 날카로움을 지니고 있었기 때문이다.

"누구죠?"

여인이 물었다. 침착함을 가장했지만 그녀의 말끝에 떨림이 있음을 숨기지 못했다.

"당신 이름을 물으면 답하겠소?"

사내가 되물었다.

"난 주인이고 그대는 객이죠."

여인이 서서히 침착함을 찾아갔다.

이런 대화가 오고 간다는 것 자체가 상대가 대화를 원한다는 증거다. 만약 자신을 죽이려 했다면 이미 도검을 휘둘렀을 것이다.

"그렇구려. 내 잘못이오."

사내가 순순히 자신의 잘못을 인정했다. 그러자 여인이 다시 물었다.

"그럼 이제 당신이 누군지 말해줄 수 있나요?"

"야제께서는 이미 내가 누군지 알고 계실 것이오만……."

순간 여인의 눈이 가늘어졌다.

야제 화령이란 이름이 완벽하게 숨겨진 것은 아니지만 자신과 야제 화령이란 이름을 연결시킬 수 있는 사람은 흔치 않다.

"주 대인의 안목이 대단하군요. 아니면… 장산문의 안목인가요?"

여인, 야제 화령은 이미 사내의 정체를 알고 있었다. 사내는 주남을 따라와 자신의 수하들을 제압한 바로 그 장산문의 고수였다.

궁비영은 야제 화령의 말을 굳이 부인하지 않았다. 옷을 바꿔 입었다고 그녀가 자신을 못 알아볼 거란 생각은 애초에 하지 않았었다.

"누구의 눈이든 그게 무슨 상관이겠소. 당신이 야제 화령이란 사실이 중요하지."

"그렇군요. 그런데 무슨 일로 이렇게 은밀히 절 찾아왔나요? 이미 거래는 끝난 것 아닌가요?"

"다른 거래를 하고 싶소."

궁비영이 말했다.

"주 대인도 알고 있는 일인가요?"

"알고 있소."

궁비영의 대답에 야제 화령이 아미를 모으며 중얼거렸다.

"아, 확실히 이번 거래는 좋지 않군요. 위험한 줄은 알았지만 이렇게까지 부담이 되는 거래인 줄은 몰랐어요. 그대가 은밀히 날 찾아왔다는 것은 주 대인과 당신들도 감시를 당하고 있다는 의미겠지요?"

역시 노련한 여인이다. 하긴 섭혼의 술을 수련했으니 여인은 실제보다 나이가 많을 것이다. 물론 그렇다고 해도 늙은 할머니일 리는 없지만, 어쨌든 노련함을 지닌 여인이 분명하다.

"사람의 눈을 피해야 하는 것은 맞소."

"이런 거래는… 제가 즐기는 것이 아니죠."

"염초를 팔고, 소금을 밀매하는 야제께서 하실 말씀은 아닌 것 같소이다만……."

"그런 거래조차 모든 것이 확실할 때 하는 법이죠. 그러나 이번 거래는 대체 내가 누구와 거래하는 것인지도 모르겠어요. 본래 이런 경우 반드시 위험한 일이 생기게 마련이죠."

"그 말이 맞소."

궁비영이 야제 화령의 말에 순순히 시인했다.

"지금 제가 위험하단 뜻인가요?"

"그렇다고 할 수 있소."

"누구에 의해서죠?"

화령이 다시 검을 잡아갔다. 여차하면 선공을 하고 도주해야 할 수도 있었다.

상대의 실력은 이미 항주에서 확인했다. 그녀가 감당할 수준의 고수가 아닌 것이다.

"나일 수도, 혹은 이 거래의 끝에 있는 사람일 수도, 아니면 그의 적들에 의해서일 수도 있소."

모호한 대답에 화령이 불쾌한 표정을 짓는다. 그러다가 단호하게 물었다.

"이건 분명히 알아야겠군요. 죽든 살든… 이 거래의 끝에 누가 있죠?"

"오죽노!"

야제 화령의 물음에 궁비영이 너무 쉽게 대답했다. 그 쉬운 대답에 외려 화령이 어리둥절한 표정을 지었다. 하지만 다음 순간 정신을 차린 화령이 놀란 목소리로 뇌까렸다.

"오죽노 혜간……!"

야제 화령의 얼굴이 하얗게 변한다.

오죽노 혜간은 보통 이름이 아니다. 비록 지금은 구천맹을 떠났다고 해도 지난 십수 년간 실질적으로 무림을 움직인 사람이 바로 오죽노다.

그런데 그 오죽노가 염초를 구하는 실질적인 인물이라면 이 일은 강호대사와 불가분의 관련이 있는 거래다.

"정말… 좋지 않군요."

야제 화령이 궁비영에겐지 혹은 다른 누구에겐지 모를 말을 중얼거렸다.

"감당할 수 있겠소?"

궁비영이 물었다. 그러자 화령이 잠시 숨을 고른 후 고개를 들었다. 그녀의 얼굴은 금세 본래의 색으로 돌아와 있었다. 역시 상계의 숨은 거물 야제 화령이다.

"이미 시작한 거래 어쩔 수 없지요. 이제 오늘 밤 이렇게 늦게 날 찾아온 이유를 알고 싶군요."

"다시 묻겠소. 오죽노 혜간이 이 거래의 끝에 있다 해도 이 거래를 계속하겠소?"

"무슨 뜻으로 묻는 거죠?"

"귀주 대화장!"

궁비영이 한 가문의 이름을 말하는 것으로 대답을 대신했다.

그런데 궁비영의 말에 야제 화령이 큰 충격을 받은 것처럼 흔들거렸다.

"다… 당신들… 누구죠?"

야제 화령의 손이 부들부들 떨린다. 그러면서도 그녀의 얼굴에 숨길 수 없는 살기가 흘렀다.

그녀의 손이 가볍게 탁자를 쳤다. 선실 주변에 인기척이 느껴졌다. 당장에라도 궁비영을 향해 살수들이 쏟아져 들어올 기세였다.

"미리 말해두지만 항주에서는 내가 손속에 사정을 둔 거요."

궁비영이 경고하듯 말했다.

"역시 오죽노! 정말 치밀한 사람이군요. 지금까지 가문의 생존자들을 추격하고 있었다니."

화령이 탄식하듯 말했다. 그러자 궁비영이 고개를 저었다.

"아니오. 그는 당신의 존재조차 모르오."

궁비영의 대답에 화령의 얼굴이 다시 변했다.

그녀의 눈이 모호한 빛을 띠고 궁비영을 바라봤다. 그러다가 약간의 기대가 서린 목소리로 물었다.

"그 말은 당신들이 오죽노의 사람이 아니라는 뜻인가요?"

"그렇소."

"그런데 왜 그의 거래를……?"

"장사치가 사람 가려 장사하는 것은 아니니까."

궁비영이 대답했다.

"그렇기는 하지만… 그럼 내가 귀주 대화장의 생존자란 사실은 어떻게 알았죠?"

"우린 생각보다 강호 소식에 밝소."

"그것만으로는 설명이 안 되죠. 아무리 대단한 상가라 해도 나의 과거를 알아내는 것은 불가능해요. 그만큼 완벽하게 제 자신을 감췄으니까요."

"난 내가 속한 곳이 상가란 말은 하지 않았소."

"그럼 장산문에서 이 일을 조사해 냈단 말인가요? 장산문이 벌써 그 정도로 세력을 회복했던가요? 이건 구천맹이나 마천이 움직여도 알아낼 수 없는 일이라고 생각했는데……."

"물론 장산문이 한 일도 아니오. 그러나 내가 이 일을 해낸 곳을 말하는 순간 당신은 피할 수 없는 선택을 해야 하오. 그래도 알고 싶소?"

궁비영이 물었다.

그의 말은 그저 흘러가는 협박이 아니다. 유령문의 정체를 아는 순간 야제 화령에겐 다른 선택의 길이 없다. 유령문의 친구가 되는 것 말고는.

야제 화령은 궁비영에게서 살기를 읽었다. 그녀의 대답 여하에 따라 이 기이한 젊은 고수는 정말 자신을, 아니, 자신의 상단을 도륙할 생각을 가지고 있었다.

그러나 그럼에도 불구하고 묻지 않을 수 없었다. 자신들의 정체가 드러난 이상 정확한 내막을 알아야 대책을 세울 수 있기 때문이다.

"당신 뒤에는 누가 있나요?"

"결심이 섰소?"

궁비영이 다시 한 번 물었다.

"이미 선택의 여지가 없어 보이는군요. 당신이 혼자 왔을 리도 없고… 우리에 대해 얼마나 알고 있는지도 모르고."

"하긴 그렇구려. 그럼 말해주겠소. 난 유령문에서 왔소."

"아!"

야제 화령이 또 한 번 놀란다.

유령문, 세상에 드러난 문파는 아니지만 강호에 관심이 있는 사람이라면 절대 모를 수 없는 이름이다.

천하를 손에 넣으려는 자, 그 누가 되었든 유령문에 손을 내밀라고 하지 않았던가.

"유령문이… 다시 오죽노와 손을 잡았나요?"

야제 화령이 두려운 빛을 보이며 물었다.

구천맹으로부터 버림받은 오죽노가 과거의 은원을 씻고 다시 오죽노와 손을 잡았다면 천하의 판도가 뒤흔들릴 것이다.

오죽노의 힘은 그의 세력이 아니라 그의 이름에서 나온다. 만약 그가 유령문과 손을 잡고 강호에 일파를 세우겠다고 선언한다면 그를 추종하는 무리가 구름처럼 몰려들 것이다. 그것이 지난 십수 년간 오죽노가 만든 자신의 힘이다.

오죽노라는 이름이 그 자체로 힘을 갖는다는 것을 이해하고 있는 사람은 많지 않다. 그러나 적어도 야제 화령 정도의 인물이라면 충분히 가늠할 수 있는 일이었다.

"오죽노와 유령문은 결코 하나가 될 수 없소."

궁비영이 다시 화령의 예측을 깨뜨리는 대답을 했다. 화합할 수 없는 사람들이 어찌 함께 일을 할 수 있단 말인가.

"그럼……?"

이 일은 묻지 않아도 알 수 있다. 한쪽이 다른 쪽을 속이고 있다는 것. 그래야만 지금의 상황이 이해될 수 있다.

"주 대인은 유령문의 사람이 아니오. 물론 오죽노의 사람도 아니고 말이오. 그는 그저 상인일 뿐이오. 오죽노는 염초를 구해 올 상인을 원했던 것뿐이오. 다만 그가 모른 것은 주 대인의 곁에 우리 유령문이 있다는 것이었소."

"아! 그럼 주 대인도 당신들의 진실한 정체를 모르고 있는 건가요?"

"그건 아니오. 주 대인도 우리가 유령문의 사람인 것은 알고 있소."

"이상한 일이군요. 내가 알기로 주 대인은 무척 신중한 사람인데 무림에서 가장 위험한 유령문과 인연을 맺다니……."

화령이 고개를 갸웃했다.

"그로서도 어쩔 수 없는 일이었소."

"그를 협박했나요?"

화령이 다시 경계심을 드러내며 물었다.

"그건 아니오. 그러나 선택의 여지가 없는 일이기도 했소. 왜냐하면 내가 그의 하나밖에 없는 죽마고우기 때문이오. 녀석은 사실 외로운 사람이었으니까."

"아!"

화령이 나직하게 탄식을 흘렸다.

궁비영의 말을 이해할 수 있었다. 그녀 자신이 가문이 멸망한 후 처절한 고독 속에 살았었기 때문이었다. 그러니 한 명의 친구를 위해 자신의 운명을 던질 수 있다는 것을 누구보다 잘 아는 화령이었다.

"그래서… 유령문이 나를 통해 얻고자 하는 것이 뭔가요?"

화령이 물었다.

"유령문과 친구가 되겠소?"

"내 안전을 보장할 수 있나요?"

"유령문이 존재하는 한 그리할 거요."

"그렇다면 저로서도 다른 선택의 여지가 없겠군요. 이제 와서 거절하면 당신과 유령문은 우릴 모두 죽일 테니까요."

"……."

궁비영이 무언으로 그녀의 말을 시인했다.

"그러니 다시 묻지요. 제게 원하는 바가 뭔가요?"

"간단하지만 무척 위험한 일이오."

"말하세요."

야제 화령은 태도에 궁비영은 이 여인이 여인의 몸으로 거대한 상단을 일으킨 이유를 알 수 있었다. 위험을 앞에 두고도 담대한 결정을 내릴 수 있는 강단을 가지고 있는 여인이다.

"좋소. 그럼 말하리다. 어쩌면 이건 그대에게도 좋은 기회가 될 수 있을 거요. 그대도 당신의 가문 귀주 대화장을 몰락시킨 오죽노에게 복수를 할 수 있을 테니."

궁비영이 두건을 들어 올렸다. 그러자 젊은 청년의 얼굴이 화령 앞에 드러났다.

화령의 눈빛이 변했다. 생각보다 젊은 궁비영의 얼굴 때문이기도 했고, 그녀 앞에 자신의 진면목을 드러낸 궁비영의 내심이 두렵기 때문이기도 했다.

화령의 속내야 어쨌든 궁비영은 화령의 맞은편 의자에 자리를 잡고 앉았다. 그리고 그녀를 찾아온 이유를 말하기 시작했다.

*　*　*

천하에서 가장 현명하다고 알려진 자가 천하에서 가장 뛰어난 의술을 지닌 자를 찾았다.

그런데 천하에서 가장 현명한 자의 몰골이 심상치 않았다. 본래는 무척 귀했을 옷감은 갈기갈기 찢겨져 있었고, 옷자락에 혈흔이 낭자했다.

팔에는 길게 자상이 있어 왼팔은 아예 쓸 수 없었고, 오른쪽 다리에는 부러진 화살이 박혀 덜렁이고 있었다.

그러나 그 무엇보다도 그의 목숨을 위협하고 있는 것은 옆구리에 난 검상이었다. 손으로 상처를 누르고 있지만 계속해서 피가 흘러나왔다.

그 모습을 보면 그가 천하에서 가장 뛰어난 의술을 지닌 자를 찾아온 것이 당연해 보였다.

"곡 선생께서 날 다 찾아오시다니… 해가 서쪽에서 뜰 일이요."

허름한 마의를 입은 노인이 방문 앞 툇마루에 쭈그리고 앉아 신음을 흘리고 있는 노인에게 말했다.

"후후, 나도 이런 날이 올 줄은 몰랐소. 설마 내가 내 발로 당신을 찾아오다니……."

"그러게 말이오. 그런데… 아주 좋지 않구려."

"얼마나 살겠소?"

천하에서 제일 현명한 자가 물었다.

"글쎄… 뭐 한 시진을 버티지 못할 것 같구려."

"그대가 손을 댄다면?"

"그럼야… 적어도 십 년은 더 살 거요. 물론 지금처럼 성한 몸은 아니겠지만. 하지만 곡 선생께선 몸이 아니라 머리로 살아가는 분이니 큰 문제는 없지 않겠소?"

"후후후, 마의께선 정말 사람의 몸뿐 아니라 머릿속도 들여다보시는 모양이구려."

상처 입은 자는 천하제일현자라 불리는 곡풍, 그를 상대하는 노인은 천하에서 가장 의술이 뛰어나다는 마의 한록이다.

본래 곡풍은 정도의 길을 걷는 사람으로서, 병든 사람을 이용해 재물을 축적하고 자신의 욕심을 차리는 마의 한록을 경멸했다.

해서 두 사람은 서로 얼굴을 대면하지 않을 정도로 사이가 좋지 않았는데, 오늘 천하제일현자 곡풍이 죽어가는 모습으로 마의 한록을 찾은 것이다.

"살고 싶소?"

마의 한록이 득의한 표정으로 물었다.

사람 중에 목숨 아깝지 않은 사람은 없다. 그건 천하제일현자 곡풍이라도 마찬가지다. 그러니 자신을 찾아온 것이 아닌가.

그 사실 하나만으로도 마의는 승리의 쾌감을 느끼고 있었다. 그래서 곡풍을 대하는 태도 역시 조금 거만하지만, 그리 날카롭지는 않았던 것이다.

"살려주겠소?"

"의원의 본분이 사람 살리는 일이니 당연한 일 아니오?"

"그러나 대가가 필요하겠구려."

"그야 물론."

마의 한록이 고개를 끄떡였다.

"원하는 바를 말하시오."

곡풍이 말하자 마의 한록이 지체하지 않고 대답했다.

"장보도!"

"역시……!"

"싫으면 가도 좋소."

마의 한록이 냉정하게 말했다. 그러자 곡풍이 고개를 저었다.

"아니오. 이제 장보도는 내게 아무런 소용이 없소. 그 물건 때문에 내가 겪은 고초를 생각하면… 주겠소. 그런데, 그 물건을 지킬 능력이 있소?"

"흐흐흐, 그건 걱정할 것 없소."

"좋소. 그럼 먼저 치료를 해주시오."

"저런, 저런. 날 너무 순진하게 보시는구만. 난 언제나 치료비를 먼저 받는 편이라오."

"후후후, 그대도 날 너무 쉽게 보는군. 마의라는 별호가 그냥 생기지 않은 것을 아는데 내가 뭘 믿고 물건을 먼저 주겠소. 반면 난 치료를 받는다 해도 이 몸으로는 다른 곳으로 도주하지 못할 테니 치료를 먼저 합시다."

곡풍의 말에 마의 한록이 고개를 갸웃하다가 손을 비비며 대답했다.

"에이, 그렇게 합시다. 나도 나 나름대로 대책을 세우면 그뿐이니. 들어갑시다."

"좋소."

곡풍이 대답을 하자 마의 한록이 곡풍을 부축해 자신의 초가로 그를 데리고 들어갔다.

마의 한록이 천하제일현자 곡풍을 데리고 초가로 들어간 지 채 일각이 지나지 않아 초가 주위에 사람들이 모여들기 시작했다.

물론 모두 천하제일현자 곡풍이 지니고 있는 장보도를 노리고 온 사람들이었다.

그의 품에 있다는 육혈무성의 유물이 있는 곳을 가리킨다는 장보도, 그 장보도를 얻는 순간 천하를 손에 넣을 수 있다는 욕망으로 천하의 고수들이 곡풍을 쫓고 있었다.

그런데 사실 처음 강호에 장보도가 나타났을 때보다는 보물을 쫓는 자들의 숫자가 많이 줄어 있었다.

지난 며칠 정확한 장보도의 소유자가 알려지기도 전에 이미 곳곳에서 칼부림이 일어났다. 사람들은 장보도를 가지고 있는 것으로 의심되는 자가 나타나면 도검부터 휘둘렀던 것이다.

그 무지막지한 혈풍 속에서 의미 없이 죽어간 자가 수백. 그렇게 사람들이 죽어나가면서 장보도의 행방도, 그것을 쫓는 무인들도 정리되어 갔다.

그래서 결국 장보도를 최종적으로 소유한 인물이 천하제일현자 곡풍으로 알려졌을 때는 오직 천하를 꿈꿀 능력이 있는 자들, 혹은 절대의 무공을 지닌 고수들만 남았다.

그리고 그런 자들은 함부로 도검을 휘두르지 않았다. 평소라면 만나는 즉시 생사의 결전을 벌였을 자들조차도 싸움을 아꼈다.

이런 기보의 쟁탈전에선 먼저 검을 빼 드는 자가 항상 불리하다는 것은 모두가 잘 알고 있기 때문이었다.

그리고 그런 현실을 가장 극명하게 드러내 주는 자들이 마천과 구천맹의 고수들이었다.

천하제일현자 곡풍이 찾아든 마의 한록의 초가 주변에는 구천맹과 마천의 고수들도 존재했다.

강호의 정세를 생각하자면 그들은 만나는 즉시 생사전을 벌여야 했지만 그들은 그저 서로를 경계할 뿐 싸움을 벌이지 않았다.

싸움 중에 제삼자에게 보물이 넘어가는 것을 경계하는 마음은 구천맹이나 마천이나 마찬가지기 때문이었다.

그렇게 천하의 뭇 고수가 마의 한록의 초가를 겹겹이 에워쌌다.

이런 지경에서는 설령 마의 한록이 치료의 대가로 육혈무성의 장보도를 얻는다 해도 도저히 그 기보를 지킬 가능성은 없어 보였다.

그러나 그럼에도 불구하고 마의 한록은 곡풍을 치료했다.

치료는 반나절이 넘도록 계속됐다. 마의 한록과 곡풍이 들어가 있는 초가의 방문은 밤이 지나고 해가 떠도 열릴 줄 몰랐다.

그러자 사람들 사이에 의구심이 생겨났다. 비록 곡풍이 입은 부상이 깊기는 하지만 한록의 명성을 생각하며 치료가 너무 오래 걸리고 있었던 것이다.

의심이 생긴 자들이 생겨나자 결국 그 의심을 풀겠다고 나서는 자도 생겼다.

그리고 그들에 의해 초가의 방문이 열렸을 때, 사람들은 망연자실할 수밖에 없었다. 왜냐하면 방 안에는 천하제일현자 곡풍도, 마의 한록도 보이지 않았기 때문이다.

제4장

육혈봉으로

새로운 추격전이 시작됐다.

이제 추격을 받는 자는 두 사람이었다. 천하제일현자 곡풍과 마의 한록, 이 두 사람의 뒤를 천하의 강자들이 쫓았다.

그들의 흔적을 발견하는 것은 그리 어렵지 않았다.

본래 마의 한록의 초가에는 비밀스런 공간이 존재했다. 마의는 그 별호에 어울리게 약과 독을 모두 잘 다뤘는데 그의 초가 지하에는 약과 독을 보관하고 또 그 성질을 시험해 보는 비밀스런 공간이 존재했다.

그리고 평소 음흉한 마의 한록의 심성에 어울리게 그 지하 석실에서 외부로 이어지는 비밀 통로가 존재했다

의원이 도주로를 만들어둔 것은 이상한 일이지만, 마의 한

록이라면 이상할 것도 없었다.

의원임에도 그의 별호에 마(魔)가 붙은 것은 그의 평소 행실이 그리 좋지 않았기 때문이다. 의술로 사람을 구하기만 한 것이 아니라, 타인을 죽이는 일도 서슴지 않았던 마의 한록이기에 그에게 원한을 품은 자가 적지 않았다.

한록 자신도 그 사실을 잘 알고 있었기에 이렇게 비밀스런 도주로를 준비한 것일 터였다.

아무튼 육혈무성의 장보도 추격전은 마의 한록의 초가에서부터 다시 시작되었다.

그러나 시간의 문제일 뿐, 강호의 무림인들은 결국 마의 한록이든 천하제일현자 곡풍이든 결국에는 장보도를 포기할 수밖에 없다고 생각하고 있었다.

이유는 간단했다. 마천과 구천맹이 이 추격전에 합류했기 때문이다.

"이상한 일이군."

구천맹 청웅기주 무영노 서리가 중얼거렸다.

"무엇이 말이오?"

소림의 고승 율산이 물었다.

율산법사는 선문의 조종인 소림에서 법사로 불릴 만큼 계율에 철저한 승려였다. 그의 그 강직한 성정은 구파의 수장들이 오죽노가 떠난 이후 구심점을 잃은 구천맹 무원의 수장에 그를 추대한 가장 중요한 이유였다.

강직하다는 것은 사심이 없다는 뜻, 구천맹 최강의 집단이랄 수 있는 무원의 수장으로는 가장 적합한 인물이었다.

"이자들의 흔적을 찾는 일이 너무 쉽습니다."

무영노 서리가 말했다.

"부상당한 자가 있으니 당연한 일 아니오?"

승려 율산이 되물었다.

"그렇지가 않지요. 이자들이 누굽니까? 천하제일현자라 불리는 자와 마의라 불리는 독심을 지닌 자입니다. 어떤 경우라도 이 정도 흔적을 남길 위인들은 아닌데……."

"지금이야 그들의 내심을 어찌 알겠소. 일단 따라잡고 볼 일이오."

"그렇군요. 그럼 속도를 내지요."

무영노 서리가 산비탈을 치닫기 시작했다. 그러자 구천맹의 고수들은 물론 육혈무성의 장보도를 노리는 강호의 뭇 무인이 일제히 움직이기 시작했다.

"이쯤이 좋겠네."

곡풍이 걸음을 멈추고 마의 한록에게 말했다. 능선으로 이어지던 길 중간에 별스럽게 우뚝 솟은 높은 봉우리 위에서였다.

주위를 돌아보면 천하가 모두 산으로 둘러싸인 곳, 어디로든 갈 수 있지만 또한 어디로 가야 할지 막막한 지점이었다.

"일은 대충 수월하게 된 것 같습니다, 사형!"

마의 한록이 공손하게 대답했다. 그런데 놀라운 일이다. 마의 한록이 곡풍을 사형이라고 부르고 있었다.

"그러게 말이야. 모든 것이 대사형이 계획한 대로 흘러가는군."

"문제는 결국 육혈봉에서의 싸움이겠지요."

"음… 사실 나도 그것이 걱정이네."

"상대가 구천맹과 마천이라면 아무리 준비를 잘해도 쉽지 않은 일이지요."

마의 한록이 걱정스런 표정을 짓는다. 그의 눈에 멀리 산 능선을 타고 달려오고 있는 강호의 고수들이 보였다.

"대사형을 믿을밖에……."

"하늘에서 특별한 재주를 부여하신 분이 맞기는 한데……."

한록이 말꼬리를 흐린다.

"마음에 들지 않는가?"

곡풍이 물었다.

"언제부터인가 너무 조급해하시는 것 같습니다."

"정녕 그 시점을 모르시겠는가?"

곡풍이 다시 물었다.

"역시 마곡산의 일 때부터이겠지요?"

"그렇지."

곡풍이 고개를 끄떡였다.

"어떤 영향을 미친 걸까요?"

"두 가지 원인이 있는 것 같네. 하나는… 유령문은 얻지 못한 것에 대한 분노와 조급함, 두 번째는 육혈무성의 비급을 손에 넣었다는 자신감… 이 둘이 대사형을 성급하게 만든 것 같네.”

“하면 말려야지 않습니까?”

마의 한록이 원망하듯 곡풍을 보며 물었다.

“말리려 한다고 말려질 분인가. 그보다야 일이 성사되게 돕는 게 낫지.”

“음… 이 일이 성공하겠습니까?”

“팔 할은 그러하네.”

“팔 할이라면 충분히 해볼 만하군요.”

“그러나 평소의 대사형이라면 구할구푼의 가능성을 만드셨을 걸세. 손해 본 이 할은… 무림에서 언제든 문제를 일으킬 수 있는 변수야.”

곡풍이 걱정스레 말했다.

“역시 문제는 유령문이겠지요?”

“그렇다네. 일의 수순이 바뀌었어. 먼저 유령문을 도모하고 이후에 천하를 도모해야 하는데…….”

곡풍이 혀를 찬다.

“그러나 지금으로썬 유령문을 도모할 방법이 없지 않습니까?”

“글쎄… 육혈무성의 무공으로도 그들을 도모하지 못할까?”

곡풍이 고개를 갸웃했다.

“과거 육혈무성의 시대를 끝낸 것이 그들입니다.”

"하지만 그건 비열한 암습과 속임수였을 뿐이네."

"그렇긴 하지만 그래도……."

마의 한록이 무슨 말인가를 하려다 말고 입을 닫았다. 그러자 곡풍이 한록을 보며 물었다.

"자네도 그 믿지 못할 이야기, 배신자 노송이 육혈무성의 무공을 넘어섰다는 말을 하고 싶은 건가?"

"소문이 난 것은 다 그럴 만한 이유가 있다고 생각합니다만……."

한록의 말에 곡풍이 고개를 저었다.

"허황된 이야길세. 노송은 무성들이 키운 무노에 지나지 않았어. 그런 자가 어찌 감히 무공으로 무성들을 넘어섰겠는가? 그 이야기를 처음 전한 자가 당시 육혈무성의 회합에서 시중을 들던 자임을 잊었는가? 그런 자의 눈에는 죽은 자는 약하고 산 자는 강해 보였을 걸세."

"그렇기는 하지요."

이번에는 마의도 순순히 고개를 끄떡였다. 그러자 곡풍이 다시 말을 보탰다.

"그리고 만약 정말 그런 무공을 그들이 가지고 있었다면 마곡산에서 그렇게 허무하게 당하지는 않았을 걸세. 야유사군이 한 눈을 잃었어. 한 팔도 잃고……."

"그렇군요."

"아무튼 그들은 그저 변수에 지나지 않네. 하지만 아주 중요한 변수지. 난 대사형께서 그 변수를 먼저 해결하길 바랐는데…….”

“어쨌든 판은 시작되었습니다.”

“좋아. 다시 한 번 놀아보세.”

곡풍이 눈앞에 닥쳐드는 고수들을 보며 대답했다.

추격자들의 선두에는 구천맹의 고수들이 있었다.

반면 마천의 고수들은 보이지 않은 곳에서 은밀히 추격자들을 따르고 있었다.

“이제 포기한 모양이구려.”

곡풍과 마의, 두 사람과 조우한 무영노 서리가 마의 한록을 보며 말했다.

두 사람은 안면이 있었다. 과거 오죽노의 명으로 마의 한록을 가끔 만났던 서리였다.

“오랜만이오, 기주!”

“마의께서 이렇게 욕심 많은 분인 줄 몰랐소이다.”

서리가 비웃듯 말했다. 의원 주제에 육혈무성의 무공을 탐한 것을 두고 하는 비웃음이다.

“내 욕심을 차리고자 한 일이 아니오.”

“호오, 그렇소? 그럼 왜 육혈무성의 장보도를 들고 도주를 한 것이오?”

“그건… 곡 선생께 물어보시오.”

마의 한록이 말머리를 곡풍에게 돌렸다. 그러자 사람들의 시선이 곡풍에게로 향했다.

곡풍은 지친 듯 손으로 바위를 짚고는 아예 엉덩이를 바위에 대고 앉았다. 그러고는 좌중을 돌아보며 입을 열었다.

"정말 많이들 오셨구려."

"마의께서 한 말의 진의를 말해주시지요."

무영노 서리가 답을 재촉한다. 그러자 곡풍이 넌지시 서리를 바라보다가 한숨을 쉬며 말했다.

"마의께서 하신 말씀이 맞소. 마의는 그저 내 청에 응했을 뿐이오. 난 마의께 천하 대의를 말씀드리고 그의 도움을 받은 것이오."

"천하대의! 무엇이 선생의 천하대의요?"

이번에는 무원의 수장 율산이 물었다.

"스님께선… 혹 소림의 율산법사시오?"

"그렇소. 날 알아보다니 과연 천하제일현자답구려."

"후후, 스님과 같은 분은 기도만 보아도 그 정체를 알 수 있지요. 눈가에 흐르는 정기가 보통 사람에게서 볼 수 없는 것이라……."

"내 이야기는 그쯤이면 되었고, 선생의 생각을 듣고 싶소."

율산이 곡풍의 말을 재촉했다. 그러자 곡풍이 잠시 침묵을 지키다가 품속에서 한 장의 장보도를 꺼내 들었다.

장보도가 세상에 모습을 보이는 순간 중인 사이에서 마른침 삼키는 소리가 들렸다. 눈은 욕망으로 번들거렸고, 병기를 든 손에는 힘이 들어간다.

살기가 한순간 장내를 휘감았다.

"쯔쯔……!"

중인의 모습을 보며 곡풍이 혀를 찼다. 그러고는 천천히 장보도를 들어 보이며 말했다.

"기보와 마물의 차이는 간단하오. 사람을 이롭게 하면 기보요. 피를 부르는 것은 마물이요. 그런 이치에서 보자면 이 장보는 기보요, 마물이오?"

곡풍의 눈길이 마지막에 머문 곳은 율산의 눈이었다.

"누구의 손에 그 물건이 들어가느냐에 달린 것 아니오?"

율산이 망설이지 않고 대답했다.

"그렇지요. 그러나 과연 육혈무성의 무공을 손에 넣고도 정심을 유지할 사람이나 세력이 있겠소?"

"구천맹은 강호의 정의를 대변하오."

율산이 지지 않고 말했다. 그러자 곡풍이 한줄기 미소를 짓는다.

"마천의 시대가 끝난 후 지난 몇 년간 과연 구천맹이 강호의 정의를 대변했다고 할 수 있소? 불가에 몸담고, 법사라 불리는 대사의 양심을 걸고 말해보시오."

곡풍이 냉엄하게 묻는다. 그러자 율산이 쉽게 대답하지 못했다. 마천의 시대를 끝낸 후 구천맹은 천하에 군림했다.

그 군림의 시간 동안 구파가 행한 일 중에는 정파로서는 해선 안 될 일도 여럿 있었다. 결국 이득은 정사를 막론하고 손에 피를 묻히게 만드는 것이다.

"대사! 이 물건이 구천맹의 손에 들어가면 아마 구천맹은 산산이 찢어지고 말 것이오. 육혈무성의 무공을 차지하기 위해 구파가 서로 죽고 죽이는 싸움이 일어날 것이기 때문이오. 그래도 이 물건을 가져가시겠소?"

"선생께선 우리 구천맹을 너무 무시하는구려. 구천맹이 실수를 하지 않는 것은 아니나 그렇다고 기보에 눈이 멀어 상잔할 곳도 아니오."

"하하하, 법사의 마음은 믿겠소. 그러나 구천맹의 다른 사람들은 그리 생각지 않을 것이오."

곡풍의 말에 승려 율산이 다시 대꾸를 하려는데 문득 숲에서 서늘한 목소리가 흘러나왔다.

"구천맹이라고 어찌 선한 자들만 있겠소. 사람은 모두 마찬가지요. 세상 사람들이 이렇게 말한다고 하더이다. 과연 마천의 시대나 구천맹의 시대나 다를 것이 뭐가 있겠느냐고 말이오."

사람들의 시선이 일제히 목소리의 주인공에게로 향했다. 그러자 숲에서 철궁을 멘 날카로운 인상의 노인이 수하들을 이끌고 장내로 걸어 나왔다.

"마궁!"

"종고구다!"

종고구의 출현에 장내 고수들이 술렁였다.

당금 천하를 지배하는 곳이 구천맹이라지만 사람들에게 두려움을 주는 존재로는 마천의 마두들과 비견할 자가 없다.

더군다나 마궁 종고구의 존재감은 소림승 율산이 비할 바가 아니었다. 그를 상대하려면 구천맹에서도 구파의 수장이 나와야 할 터였다.

"마궁께서도 오셨구려."

곡풍이 마궁 종고구를 보며 빙그레 미소를 짓는다. 이미 예상하고 있었던 일이다. 장보도의 행방을 결정짓는 이 순간에 마궁이 숲에 모습을 감추고만 있을 리 만무였다.

"우린 초면이구려."

종고구가 곡풍을 보며 말했다.

"그렇지요. 그러나 처음 만난 분 같지가 않구려. 워낙 그 쟁쟁한 무명을 들어와서 말이지요."

"하하하, 나도 그렇소. 천하제일현자라는 별호는 함부로 쓸 수 있는 별호가 아니니까. 그나저나 선생께서 구천맹에 그리 불편한 감정을 가지고 있는 줄은 몰랐소이다."

"그야 비단 구천맹에 대한 것만은 아니지요. 마천에 대해서도 마찬가지지요."

"하하, 그야 당연한 일 아니겠소? 세상에 우리 마천을 좋아하는 사람이 얼마나 있겠소. 하지만 그렇다고 우리 마천을 이 논쟁에서 배제할 생각은 마시구려."

"그럴 리가 있겠소. 누가 감히 마천을 무시할 수 있겠소!"

"후후후 역시 선생은 말이 통하는구려."

그때 갑자기 두 사람의 대화에 율산이 끼어들었다.

"정녕 마천에 장보도를 넘기기라도 할 생각이오?"

율산이 곡풍을 노려보며 물었다. 그러자 곡풍이 고개를 저었다.

"난 누구에게도 장보도를 넘기지 않을 것이오."

"호오? 그럼 그 장보도를 지킬 자신이 있소?"

이번에는 종고구가 물었다.

그러자 곡풍이 마의 한록을 보며 고개를 끄떡였다. 그러자 한록이 재빨리 품속에서 검은 주머니를 꺼내 들더니 땅에 내려놓고 부싯돌로 불꽃을 일으켰다.

파악!

한순간 검은 주머니가 화염에 휩싸였다. 아마도 염초와 기름을 먹인 물건을 담아두었던 주머니였던 것 같았다.

불이 일자 곡풍이 불꽃 위에 장보도를 가져갔다.

"타인의 손에 장보도를 넘기느니 차라리 태우겠소."

"저, 저런!"

"안 돼!"

모습을 감추고 있던 자들까지 장보도를 태우려는 곡풍의 행동에 놀라 큰소리를 치며 튀어나왔다.

"선생! 쓸데없는 짓은 하지 마시오."

마궁 종고구도 엄중한 목소리로 곡풍에게 경고했다.

"마물이라면 세상에서 없애는 것이 맞소."

곡풍이 지지 않고 대답했다. 그러자 종고구가 고개를 저었다.

"그 물건이 사라지면 선생 역시 편치 못할 것이오."

"지금 날 협박하는 거요?"

"그게 아니라 현실을 말하는 것이오. 세상 사람들은 그대의 머리를 알고 있소. 천하에서 가장 뛰어난 두뇌를 가지고 있다는 선생이오. 하면 그대가 장보도를 가지고 있던 그 시간 동안 장보도의 내용이 그대의 머리에 모두 담겼을 거라 생각할 거요. 내 생각도 그렇고 말이오. 당연히 장보도가 사라지면 사람들은 선생의 머리를 원할 것이오."

"……!"

곡풍이 뜻밖의 반격에 당황한 듯 대답을 하지 못한다.

"물론 죽은 선생의 머리는 소용이 없으니 목숨은 위험하지 않을 거요. 그러나 그대의 몸은 장보도를 대신하는 기보가 되지 않겠소? 그 얼마나 고단한 삶이요. 그러니… 차라리 장보도를 내게 넘기시오."

종고구의 말에 곡풍이 문득 미소를 지었다.

"그렇다면 장보도를 넘겨도 마찬가지가 아니오? 내 머리는 그대로니 장보도를 얻지 못한 자들은 계속 내 머리를 원하겠구려."

"음… 그렇긴 하오만. 하면 이건 어떻소? 우리 마천이 장보도와 선생 모두를 지켜주겠소."

"간교한 소리! 세상에 마천의 약속을 믿을 사람이 있을까?"

율산이 혹여라도 곡풍이 종고구의 설득에 넘어갈까 싶어 급히 입을 열었다. 그러자 종고구가 율산을 보며 경고했다.

"법사… 세상의 화는 항상 입에서 시작된다오. 그러니 말조심하시오. 이곳에 구파의 수장이 있다면 모를까 선사는 내 상대가 되지 못하오."

종고구의 서늘한 경고에 율산이 차갑게 대답했다.

"이곳에 구파의 수장이 없을 거라 어찌 자신하시오? 육마가 왔는데 구파의 수장들이라고 오지 않을 이유가 있소?"

"왔다면 모습을 보였겠지."

"글쎄올시다. 그분들은 본래 진중한 분들이라……."

직접 나선 종고구를 비꼬는 말이다.

"그렇구려. 그러나 그들이 왔다 해도 상관없소. 육혈무성의 장보도라면 일전을 결할 가치가 있지. 자, 선생. 이제 선택하시오!"

종고구가 곡풍을 몰아붙였다. 그러자 곡풍이 잠시 생각에 잠겼다가 천천히 자리에서 일어나 입을 열었다.

"다른 방법도 있소."

"……?"

"그건 바로 모든 사람이 이 장보도에 담긴 것을 얻는 것이오. 그리고 난 그쪽을 택하겠소. 그래야 내가 그대들로부터 완전히 자유로울 수 있으니까. 모두 들으시오. 육혈무성의 유물이 남아 있는 곳은 바로 한록산 육혈봉이오! 의심이 나는 분은 장보도를 보시구려!"

팟!

한순간 곡풍의 손에 들려 있던 장보도가 허공을 날아가더니 이름 모를 사내의 손에 잡혔다.

사내가 급히 장보도를 살폈다. 주위의 사람들 역시 사내의 손에 들린 장보도를 보려고 몰려들었다.

"정말이군. 정말 한록산 육혈봉이라고 쓰여 있군."

"그런데 한록산이 어디지?"

"그러게 말이야. 처음 듣는 지명인걸?"

장보도를 본 자들이 저마다 중얼거렸다.

그런데 그사이에 이미 장내를 떠나는 자들이 있었다. 일단 위치를 안 이상 먼저 움직이는 쪽이 유리했다. 한록산이 어디 있는지는 산을 내려가 알아내면 된다.

눈치 빠른 자들의 움직임은 금세 다른 사람들에게도 전염됐다. 삽시간에 썰물 빠지듯 강호의 고수들이 봉우리에서 사라지기 시작했다.

"정말 노련하구려. 일신의 안위를 지키는 법을 그리 쉽게 찾아내다니."

장보도의 내용을 세상에 알린 곡풍을 보며 종고구가 감탄했다.

"마궁께서도 서둘러야지 않겠소?"

곡풍이 빙그레 웃으며 물었다. 그러자 종고구가 대답했다.

"후후, 불나방들이야 결국 보물에 닿기도 전에 불에 타 죽을 것이고, 결국 보물은… 마천과 구천맹의 다툼이 되겠지."

종고구가 율산을 바라보며 말했다. 그의 눈에서 전의가 불타올랐다. 율산 역시 그런 종고구의 시선을 회피하지 않았다.

"결국 그 유물을 누가 차지하느냐에 따라 우리 양 파의 싸움도 끝이 나겠구려."

율산이 대답했다.

"흐흐흐, 그런 것 같소. 그럼 한록산에서 봅시다."

"좋을 대로!"

율산의 대답이 끝나는 순간 두 사람이 동시에 신형을 날렸다. 절정의 고수들답게 두 사람의 그림자가 순식간에 장내에서 사라졌다.

종고구와 율산마저 장내를 떠나자 나머지 사람들은 한순간에 사방으로 흩어졌다. 외로운 봉우리가 금세 적막에 휩싸였다.

"후우……!"

사람들이 흩어지자 곡풍이 다시 바위 위에 주저앉았다.

"주사위가 던져졌군요."

마의 한록이 말했다.

"그래 이제 모든 것은 대사형에게 달렸네."

"우리도 준비를 해야지요?"

"그래야지. 성공하든 실패하든 사람은 계속 살아가야 하니… 청마표국이라고 했나?"

"그렇습니다, 사형……."

마의 한록이 무겁게 고개를 끄떡였다.

"좋지 않아. 전장에 나가는 사람이 뒤를 준비했어. 그건……."

곡풍이 말꼬리를 흐린다.

"대사형도 일의 성공을 온전히 자신하지 못한다는 뜻이겠지요.”

“가세. 사천은 먼 길이야. 그 여아 혼자에게 모든 일을 맡길 수는 없는 일이네.”

* * *

안휘의 한 작은 포구에서 야제 화령의 상단으로부터 염초를 실은 배를 인수받은 것이 닷새 전이다.

배는 오죽노의 수하들에게 인계되었다. 그리고 그 순간 주남의 상단은 억류됐다.

철썩철썩!

회하의 물결 소리가 아련히 들려오는 위태로운 절벽 위의 장원. 장원 크기는 그리 크지 않았다.

하긴 이 위태로운 절벽 위에서 장원을 세우는 것만 해도 난해한 일이었을 것이다.

장원 주변은 오죽노의 수하들에 의해 철저하게 방비되어 있었다. 쥐새끼는커녕 개미 한 마리 통과할 수 없을 지경이었다.

그러나 잡혀 있다고는 해도 손님 접대는 제대로 하는 오죽노였다. 매끼 나오는 식사는 산해진미, 잠자리는 솜털처럼 푸근했다. 만약 원한다면 기녀라도 데려다 줄 태도들이었다.

그러나 단 하나 장원 밖으로 나가는 것은 허락되지 않았다. 일행 억류의 책임을 맡고 있는 자는 오죽노의 제자 차우였다.

섬아랑은 염초를 다뤄야 할 사람이라서 염초와 함께 한록산으로 이동했다.

반면 차우는 염초를 실은 배를 인수하는 순간 태도가 돌변해 주남 일행을 억류했던 것이다.

이유는 간단했다. 염초가 한록산으로 이동한다는 비밀을 지키기 위함이었다. 적이지만 충분히 이해가 가는 행동이었다.

한록산으로 염초가 들어갔다는 사실이 강호에 발설되는 순간 오죽노가 준비한 거대한 함정은 무위로 돌아갈 것이다. 그러니 그 사실을 알고 있는 주남 일행을 억류한 오죽노의 행동은 당연한 것이었다.

반면 야제 화령의 경우는 운이 좋았다. 중간에 염초를 주남이 인수했으므로 그녀의 상단은 염초의 최종 행선지를 모르고 있었다.

덕분에 그녀의 상단은 안휘에서 염초를 주남에게 넘기고 무사히 항주로 돌아갔다.

절벽 위 장원에 일행을 억류한 차우는 하루에 세 번은 일행을 찾아왔다.

미안함 때문은 아니었다. 그는 자신의 눈으로 억류된 사람들이 한 사람도 빠짐없이 남아 있는지를 확인했다. 아마도 그래야만 마음이 놓이는 듯싶었다.

"모두 평안하시오?"

오늘도 어김없이 일행이 억류된 곳에 차우가 들렀다.

"너무 편해서 엉덩이에 살이 많이 붙었지요."

주남이 농으로 대답했다.

"하하하, 그렇소이까? 불편하지 않다니 다행이오."

"고마울 뿐이지요. 그런데… 하시는 일은 잘되어가고 있습니까?"

주남의 물음에 차우가 표정이 경직된다. 그러다가 무슨 상관있겠냐는 듯 고개를 끄떡였다.

"그런대로……."

"우린 언제까지 이곳에 있어야 합니까?"

"길어야 한 달 정도일 거요."

"휴… 한 달이라. 지루하겠군."

"물론 무료한 줄은 알지만 이게 모두 주 대인을 살리고자 하는 일이니 이해해 주시구려. 이곳에 모셔놓지 않으면 우린 반드시 주 대인의 입을 막아야 했소."

"그건 나도 알고 있지요. 대사를 그르치지 않으려면 당연히 소문을 조심해야지요."

주남이 고개를 끄떡였다.

"이해해 주니 고맙소."

"나로서는 오죽노께서 약속을 지켜주시기만 바랄 뿐이지요."

"음… 그건 걱정하실 필요 없소. 무림천하가 오죽노 님을 모시게 된다면 그땐 주 대인이 할 일이 아주 많을 것이오. 아마도 천하에서 가장 부유한 사람이 될 것이고 말이오."

"하하하, 이렇게 편히 쉬면서 그런 복을 누려도 되는지 조금 부담스럽기는 합니다."

주남이 호탕하게 웃음을 터뜨렸다. 정말 그의 모습을 보면 지금의 상황에 전혀 불만이 없는 듯 보였다. 아니, 오히려 이 상황을 즐기는 듯했다.

차우로서는 여간 다행한 일이 아닐 수 없었다. 주남 혼자라면 모를까 주남의 곁에는 장산문 출신의 고수들이 있었다. 그들이 반항을 했다면 일이 쉽지 않을 수도 있었다.

그런데 장산문의 고수들 역시 주남의 말에 동의해 전혀 반발을 하지 않았던 것이다.

"아무튼 이 대업이 끝나면 여기 계신 모든 분이 원하는 것을 얻게 될 것이오. 장산문의 대협들께서도 문파를 재건하게 되시고 말이오."

차우의 말에 궁비영이 가볍게 고개를 숙여 보이는 것으로 대답을 대신했다.

그 묵묵함이 외려 차우의 마음을 놓이게 만들었을까. 차우가 기분 좋게 한마디 했다.

"오늘 저녁에는 특별히 좋은 술을 준비하겠소이다. 편히 쉬시구려."

차우가 선심 쓰듯 말하고 자리를 벗어났다. 그러자 주남이 기다렸다는 듯이 궁비영을 보며 물었다.

"언제까지 이곳에 있을 거야?"

"밖의 소식을 들어야 할 텐데. 너무 일찍 나가면 오죽노가 다른 방책을 세울 것이고, 너무 늦게 나가면 실기(失期)를 할 수 있어."

"그럼 어쩔 생각인데?"

"유령사들이 근처에 있지요?"

궁비영이 귀보전에게 물었다.

"적어도 십 리 안쪽에는 들어와 있을 겁니다."

"십 리라… 급히 움직여야겠군요."

"나갔다 오겠다는 말이냐?"

주남이 걱정스런 표정으로 물었다.

"그래야지. 정확한 강호의 소식을 알아야 해."

"위험한 일인데……."

"차우, 그자는 하루에 세 번 이곳에 오지. 더군다나 밤에는 대략 다섯 시진 정도의 여유가 있어. 시간은 충분해."

"하지만 이곳을 지키는 자들의 눈을 어떻게 피한다는 거냐?"

"그 일이야말로 네가 걱정할 게 아니다. 내가 가장 잘하는 일이니까."

궁비영이 빙그레 미소를 지어 보였다.

궁비영이 밖으로 나가려 하자 주남은 걱정이 한가득이었지만, 동왕 귀보전과 남왕 적하연의 태도는 달랐다. 그들은 마치 궁비영이 잠시 바람이라도 쐬고 올 사람인 것처럼 가볍게 궁비영을 떠나보냈다.

주남의 눈에는 그런 두 사람의 행동이 이상해 보였지만 유령문 계명흑성의 능력을 아는 귀보전과 적하연에게는 자연스런 행동이었다.

궁비영이 창문을 벗어나 소리 없이 지붕 위로 올라섰다. 숙소 바로 앞에 오죽노의 수하가 번을 서고 있었지만 궁비영의 움직임을 눈치채지 못했다.

경비 무사들의 간격은 채 십여 장이 되지 않았다. 그러나 궁비영은 그들이 존재하지 않는 것처럼 장원을 벗어났다.

때로는 달그림자가 되기도 하고, 때로는 밤새가 되어 처마의 그늘을 통과했다. 그리고 가끔 나뭇가지에 매달려 있다가 결국에는 허공으로 사라져 버렸다.

놀라운 것은 그 와중에 궁비영은 어떤 소리도 내지 않았다는 것이다.

일단 장원을 벗어난 궁비영은 숲을 가로질러 강변에 이르렀다. 그러자 어둠 속에서 한 척의 돛단배가 궁비영을 향해 다가왔다.

유령문의 유령사들은 궁비영 일행이 차우에게 억류되어 장원에 갇힌 순간부터 강 위에 작은 배를 띄우고 있었다.

오직 늙은 어부로 변복한 유령사 한 명만이 배에 타고 있었으므로 특별히 의심하는 사람도 없었다.

배가 가까워지자 궁비영이 훌쩍 몸을 날려 배 위에 내려섰다. 그러자 유령사가 고개를 숙여 보인다.

"계명흑성을 뵈오."

"수고가 많습니다."

강호에 나와 있는 유령사는 모두 중년 이상이다.

궁비영은 유령문의 계명혹성이 된 이후에도 여전히 유령문의 나이 많은 유령사들에게는 항상 존대를 했다.

귀보전은 가끔 그런 궁비영을 원망하기도 했다. 왜냐하면 그런 행동은 그가 언제든 유령문을 떠날 수 있는 손님이란 뜻이기 때문이었다.

"수고는요. 그런데 장원에 계신 분들은 모두 무사하신지요?"

"지내는 것은 괜찮습니다."

"다행이군요."

유령사가 안도한 표정을 짓는다.

"강호의 사정은 어떻습니까?"

"천하의 모든 고수가 한록산으로 달리고 있습니다."

"역시 그렇군요."

궁비영의 눈빛이 반짝였다.

"천하제일현자 곡풍과 마의 한록이 육혈무성의 장보도를 세상에 공개했습니다. 장보도에서 가리키는 육혈무성의 유물이 있는 곳은 한록산 육혈봉이었습니다."

"곡풍과 한록이라… 그럼 그들 역시?"

"아마도 그 두 사람은 예전부터 오죽노와 인연이 있었던 모양입니다. 아니면 처음부터 오죽노의 사람이었든지……."

"장보도를 공개한 이후 두 사람의 행적을 확인했습니까?"

"그것이… 사천으로 가더군요."
"의외군요. 사천이라니……."
"그렇지요. 하지만 그 이유를 정확히는 모르겠습니다. 일단 사람을 붙여놓기는 했습니다만……."
유령사가 말했다. 그러자 궁비영이 신중한 표정으로 말했다.
"일단 그들의 일은 나중 문제고 지금은 시간이 중요합니다. 이곳에서 한록산까지 며칠 길이지요?"
"미리 지시하신 대로 몇 갈래 길을 찾아보았습니다. 보통의 경우라면 오 일 길입니다만 빠른 배를 탄 후 찾아놓은 지름길을 이용하면 삼 일 안에 당도할 수 있습니다."
"삼 일이라……."
궁비영이 조금 불편한 빛을 보인다. 장원의 억류를 깨고 한록산으로 가는 데 삼 일이라면 그 안에 충분히 이곳의 일이 오죽노에게 전해질 수 있었다. 전서구가 날면 하루도 걸리지 않을 길이다.
"방법은 결국 하나입니다."
유령사가 말했다.
"역시 그 방법밖에는 없겠군요."
궁비영도 고개를 끄떡였다.
"그렇습니다. 아예 전서구가 뜨지 못하게 하는 것이지요."
"후우… 가능한 일일지……."
"유령사들을 모으겠습니다."

"그렇게 해주십시오. 그리고 구천맹과 마천의 고수들이 한록산에 도착하기 삼 일 쯤 남았을 때 배에 불을 놓으십시오. 그걸 신호로 유령사를 투입하면 안에서 호응하지요. 외부로 나가는 자들을 철저히 막아야 합니다. 산 채로 잡을 수만 있다면 오히려 전서구를 이용해 오죽노를 혼란하게 만들 수도 있을 겁니다."

"명심하겠습니다."

유령사가 고개를 숙여 보인다.

"하면… 그만 가보겠습니다."

궁비영이 훌쩍 몸을 날려 강변으로 내려섰다. 그러고는 이내 어둠 속으로 몸을 숨겼다.

지루한 며칠이 또 흘러갔다.

차우의 대접은 여전히 극진했다.

궁비영과 주남은 서로 뱃살을 가지고 놀리며 키득거리기도 했다. 물론 지루함을 잊기 위한 장난들이었다.

그런 궁비영을 보며 귀보전과 적하연은 눈살을 찌푸리고는 했다. 자신들과 있을 때와는 전혀 다른 궁비영의 모습이 유령문의 계명흑성에 어울리지 않는다고 생각했기 때문이었다.

그러나 궁비영은 주남과 있을 때만은 유령문의 계명흑성이 아닌 그 옛날 북산에서 망나니로 살 때의 모습으로 돌아가곤 했다.

어쩌면 그 시간은 오죽노가 궁비영에게 예기치 않게 준 선물일 수도 있었다.

그러나 선물로 주어진 시간은 그리 길지 않았다.

밤이 되면 일행은 언제나 창을 열어놓고 있었다. 절벽 아래를 휘감아 도는 강에서 유령사들이 보낼 신호를 보기 위함이었다.

"불입니다."

어느 날 밤 문득 귀보전이 말했다. 그러자 주남과 이런저런 이야기를 하며 키득거리던 궁비영이 시선을 돌렸다.

멀리 불타는 작은 배가 보인다. 누가 보면 밤중에 그물을 내리던 어부가 실수로 배를 태우는 것으로 생각할 것이다.

"끙!"

궁비영이 엉덩이를 털며 자리에서 일어났다.

"시작이냐?"

주남이 물었다.

"음……."

"조심해라."

"너나 조심해. 남왕께서 이 친구를 보살펴 주십시오."

궁비영이 적하연을 보며 부탁했다.

"걱정 마세요."

적하연이 고개를 끄떡였다. 그러자 궁비영이 이번에는 귀보전을 보며 말했다.

"동왕께선 즉시 장원 밖으로 나가 유령사들을 지휘해 주십시오. 난… 차우를 잡겠습니다."

"알겠습니다."

"그럼 시작하지요."

궁비영이 말이 끝나자마자 방문을 열고 나갔다.

"무슨 일이오?"

일행의 방을 밖에서 지키고 있던 무사 중 한 명이 방을 벗어나는 궁비영을 보며 물었다.

"주 대인께서 차 대협을 만날 일이 있다 하시오. 어디 계시오?"

"무슨 일로……?"

"그건 주 대인이 직접 말하겠다 하시오."

"알겠소. 그럼 대협께 말을 전하겠소. 기다리시오."

"급한 일이오."

"걱정 마시오. 작은 장원 아니오?"

사내가 대답을 하고 급히 자리를 떴다.

순간 궁비영의 눈빛이 반짝였다. 그와 사내의 대화로 인해 경비무사들의 주의가 흐트러진 틈을 타, 창을 통해 밖으로 나온 귀보전이 지붕 위로 사라져 가는 것을 보았던 것이다.

궁비영이 다시 방 안으로 들어왔다. 방 안으로 들어온 궁비영이 문을 닫고는 그 문 앞에서 검을 뽑아 들었다.

주남과 적하연은 방의 가장 안쪽으로 이동했다.

차우가 경비무사들을 앞세우고 도착한 것은 채 일각이 지나지 않아서였다.

주남이 이 한밤중에 자신을 부른다면 무척 중요한 일이라 생각한 모양이었다.

"주 대인 나 차우요!"

방문 밖에서 차우의 목소리가 들렸다.

"들어오시지요. 기다리고 있었습니다."

주남이 침착한 목소리로 대답했다.

그 순간 궁비영이 진기를 끌어 올렸다. 모든 준비는 끝났다. 이젠 검이 말해줄 때였다.

제5장

욕망이라는 함정

그의 검을 느꼈을 때, 차우는 이미 자신이 죽음의 문턱에 서 있음을 깨달았다.

검은 그가 주남을 만나기 위해 방에 들어서는 순간 그의 목덜미를 물어왔다.

주남에 대해서 차우는 어떤 경계심도 품고 있지 않았다. 천재적이라고는 하나 도검을 쓰지 않는 상인일 뿐이고, 더군다나 자신들의 입장을 충분히 이해하고 있는 듯 보였다.

더불어 대사가 끝났을 때 오죽노가 그에게 줄 이득도 만만치 않았다. 천하무림의 상권, 금자를 추종하는 황금충이라면 누구라도 욕심낼 일이다.

그러니 며칠 발이 묶여 있는 것이 주남으로서도 손해 날 것이 없었다.

그래서 주남을 찾는 차우의 발걸음은 가벼웠다. 중요한 일이라고는 하지만 그래봐야 무리한 부탁을 할 주남이 아니라는 것은 그간의 행동으로 짐작할 수 있었다.

그런데 그는 가장 중요한 사실을 간과하고 있었다. 주남은 그의 생각대로 도검을 쓰지 않는 상인이지만, 그의 곁에 있는 사람들, 스스로 장산문의 후예라고 말했던 자들은 언제라도 검을 빼 들 수 있는 무인이라는 사실이었다.

차우가 몸을 틀어 검을 비껴내며 튕기듯 앞으로 달려 나갔다.

삭!

검이 그의 목덜미를 스치고 지나갔다.

팟!

피가 튄다.

그러나 죽을 만큼은 아니다.

"놈!"

차우가 재빨리 신형을 돌리며 검을 빼 들어 암중에 자신을 암습한 자를 내려쳤다.

그러나 황당하게도 그의 검은 허공을 벴다.

그가 누군가. 천하를 꿈꾸는 오죽노의 수하다. 더군다나 그에게도 육혈무성의 유산이 남아 있었다. 구천맹에서는 감췄지만 그의 무공은 구파의 수장들에 육박했다.

그런데 그런 자신의 검이 상대의 옷자락조차 건드리지 못했다. 그 대신 그를 찾아온 것은 목덜미 아래까지 다가온 차가운 검 한 자루다.

"말로 해결하겠소?"

궁비영이 차우의 목에 칼끝을 대고 물었다. 고수라면 이 칼날을 회피할 수도 있을 것이다. 아니, 당연히 그래야 했다. 그러나 차우는 그러지 못했다.

이상하게도 이 음울한 장산문 후예의 칼은 도저히 피하지 못할 것 같았다. 움직이는 순간 칼이 그의 목을 꿰뚫을 거란 공포심이 차우를 지배했다.

"뭐하는 짓이냐?"

차우가 두려움을 참으며 물었다.

"들어보면 알 거요. 반항치 마시오!"

궁비영이 나직하게 말하며 왼손을 들어 차우의 혈도를 제압했다.

차우는 순순히 궁비영의 손길을 허락했다. 죽음보다야 일단 살아서 기회를 엿보는 것이 현명한 선택이다.

"음!"

궁비영의 손속에는 사정이 없었다. 혈도를 제압당한 차우가 그대로 자리에 주저앉았다. 그때 문밖에서 누군가의 목소리가 들렸다.

"무슨 일이 있으십니까? 삼 공자!"

아마도 방 안의 소란을 차우의 수하들이 들은 모양이었다. 생각보다 귀가 밝은 자들이다.

궁비영이 다시 검을 차우의 눈앞에 드리웠다. 그러자 차우가 궁비영을 노려보며 말했다.

"별일 아니다."

"알겠습니다."

차우의 수하가 대답을 듣고서는 방에서 멀어졌다.

"자, 이제 말해봐라. 이게 무슨 짓이냐?"

분노가 섞인 차우의 말에 대답을 하는 대신 궁비영이 그의 목덜미를 잡고 방 안쪽으로 끌고 갔다.

차우가 구비영의 손에 질질 끌려 어두운 방구석에 처박혔다. 그 수치감에 차우가 부르르 몸을 떨었다. 자신이 언제 이런 대접을 받아본 적이 있던가. 지금의 처지가 마치 사냥당한 사냥감과 같았다.

"이놈… 감히 내게……!"

"오죽노의 제자라면 이런 수모를 받을 만하지."

궁비영이 차가운 눈으로 차우를 보며 말했다. 순간 차우는 궁비영의 눈에서 숨길 수 없는 적대감을 느꼈다.

"사부께서 장산문과 원한을 맺으셨는가?"

"우린 유령문의 사람이다."

궁비영의 간단한 대답에 차우의 말문이 막혔다. 그의 얼굴에 절망감이 감돌았다.

유령문이라면 도저히 해결할 수 없는 원한이다. 그 자신도 오죽노가 유령문에 한 일을 누구보다 잘 알고 있었다.

그런데 절망의 기운이 감돌던 차우의 눈빛이 한순간 번쩍였다. 그러고는 절망이 사라지고 투기가 솟구쳤다. 어차피 죽을 바에야 스승 오죽노에게 오늘의 일을 알리는 것이 중요했다.

하지만 그런 차우의 결심은 한순간에 꺾였다. 그가 입을 열어 밖의 수하들에게 소리를 치려는 순간 어느새 궁비영이 그의 아혈까지 막아버린 것이다.

"끄으으!"

아혈이 제압되자 차우가 신음을 흘렸다. 어떻게든 밖에 있는 수하들의 관심을 끌려는 것이다. 그러나 그 행동이 그를 더욱 치욕 속으로 빠뜨렸다.

궁비영이 차우의 옷자락을 찢더니 둘둘 말아 그의 입을 막아버렸다.

"크으!"

차우는 연신 소리를 냈지만 더 이상 방 밖으로 그의 신음이 들릴 가능성은 없었다.

"살려둘 이유가 있습니까?"

궁비영의 뒤에서 적하연이 물었다.

"아직 육혈봉에 대해 더 알아야 할 것이 있습니다."

"그렇기는 하지만 그자가 입을 열까요?"

"그야 자신의 선택이겠지요. 그가 어떤 선택을 할지 두고 보지요. 아무튼 이젠 밖의 일을 정리할 때입니다."

"알겠습니다."

적하연이 대답하자 궁비영이 주남을 보며 말했다.

"이자를 지킬 수는 있지?"

"제길, 아무리 내가 무공을 몰라도 혈도를 제압당한 자는 지킬 수 있지."

주남의 말에 궁비영이 자신의 소도, 강호에선 조도로 불리는 작은 칼을 주남에게 건넸다.

"일이 생기면 사정을 두면 안 돼. 그럼 네가 죽어."

"걱정 말라니까."

주남이 조도를 받아 들며 고개를 끄떡였다. 그러자 궁비영이 그의 어깨를 한 번 툭 치고는 적하연을 보며 말했다.

"시작하죠!"

두 줄기 검은 기운이 방문에서 흘러나와 그대로 차우의 수하들을 덮쳤다.

"큭!"

"욱!"

비명이 터져 나오고 사람들이 쓰러졌다. 그렇게 일곱 명의 동료가 쓰러질 때까지 차우의 수하들은 그들에게 무슨 일이 있어났는지 제대로 알지도 못했다.

그러다가 결국 그 두 줄기의 검은 기운이 궁비영 등임을 깨달은 자들이 화들짝 놀라 소리쳤다.

"배신이다. 놈들이 배신했다!"

배신이란 말은 억울한 말이다. 이자들은 그들을 억류하고 있던 자들이 아닌가. 그런데 배신이라니.

"꿇는 자는 살려준다!"

남하연의 말투에서 살기가 풀풀 흘러나온다. 유령문 남왕의 본모습이 여실히 드러나고 있었다.

그녀의 검은 빠르고 날카로워서 한 번 휘둘러질 때마다 목표에서 벗어나는 경우가 없었다.

"악!"

"이… 놈들……!"

오죽노는 그간 수하들을 강하게 단련시켰다. 비밀스레 양성한 수하들이기에 구천맹의 다른 무사들과는 비교할 수 없는 강건함을 지닌 자들이었다.

그러나 그런 그들조차도 유령문의 고수들을 감당할 수는 없었다.

삽시간에 장원은 궁비영 등에게 의해 장악되어 갔다.

어느새 다른 방에 갇혀 있던 주남의 호위무사들 역시 방을 벗어나 궁비영 등을 돕고 있었다.

결국 차우의 수하 중 눈치 빠른 자들이 재빨리 장원을 탈출하기 시작했다.

사정이 여의치 않다면 장원을 벗어나 오죽노에게 이곳의 소식을 알리는 것이 중요했다.

그러나 그들의 시도 역시 단번에 꺾였다.

"악!"

"크윽!"

장원을 벗어나려던 자들이 채 담장을 넘지도 못하고 다시 장원 안으로 밀려 들어왔다. 개중에 여러 명이 땅에 쓰러졌다.

배를 태워 신호를 보낸 유령사들이 귀보전을 만나 장원 밖에 대기하고 있다가 탈출하는 자들을 공격한 것이다.

독 안에 든 쥐. 쥐들이 숫자는 많지만 그들을 몰아치는 자들은 고양이가 아닌 호랑이다. 고양이도 감당하기 힘들 쥐들에게 호랑이는 더 이상 반항할 대상이 아니었다.

"그, 그만하시오! 검을 놓겠소."

차우의 수하 중 한 명이 자신의 목을 치려는 유령사에게 손을 흔들며 검을 버렸다. 그러자 기다렸다는 듯이 다른 자들 역시 검을 버리고 그 자리에 무릎을 꿇었다.

일은 생각보다 쉽게 풀렸다. 차우의 수하 중 목숨을 걸고 저항할 자들은 없었던 것이다.

어찌 보면 당연한 일일 수도 있었다. 오죽노가 끌어모은 자들은 일부를 제외하고는 이득을 보고 모인 자들이다. 그런 자들에게 목숨을 버리는 충성심을 기대하기란 쉽지 않았다.

"일단 성공한 것 같습니다."

궁비영 곁으로 다가서며 귀보전이 말했다.

"지금부터가 중요합니다."

"그렇지요."

"서둘러 이곳을 정리하고 한록산으로 출발해야 합니다."

"준비하겠습니다."

귀보전이 대답을 하고는 유령사들을 불러 장내를 수습하기 시작했다.

"조심해."

주남이 강변까지 내려와 궁비영을 배웅했다.

"걱정 마라. 여기 일이나 잘 마무리해 줘."

"그건 걱정 마. 야제의 도움도 받기로 했으니까."

"그녀가 큰 도움이 되는군."

"그러게 말이다."

주남이 고개를 끄떡였다. 그러다가 조금 망설이는 표정으로 말했다.

"되도록이면 녀석을 살려서 데려와."

"음……."

중광을 두고 하는 말이다.

"무공이야 거둬야겠지만……."

"스스로 죽지 않는다면 내 검으로 죽일 일은 없을 거야."

"그러게. 그게 걱정이긴 해. 모든 일이 틀어진 것을 알면 스스로 목숨을 끊을 녀석이지. 차마 네 앞에서 목숨을 구걸하지는 않을 거야."

"잘 구슬려 보지 뭐."

"그래. 하는 데까지는 해봐라. 그리고… 오죽노는 항상 조심해야 해. 그런 자는 언제나 마지막 한 수를 숨겨두는 법이거든."

"그를 상대하는 일은 내게 맡겨둬. 유령문이 날 살린 것은 바로 그를 상대하게 하기 위함이니까."

궁비영이 가볍게 미소를 지은 후 배에 올랐다.

"출발하라!"

귀보전의 명이 떨어졌다. 그러자 배가 빠르게 강물을 타고 내려가기 시작했다.

"주 대인, 그만 올라갑시다."

장원에 남기로 한 남왕 적하연이 주남에게 말했다.

"그가 입을 열까요?"

주남이 적하연에게 물었다.

"어떻게든 입을 열게 해야지요."

차우를 두고 하는 말이었다.

* * *

오죽노가 손을 뻗었다. 한 마리 전서구가 그의 팔목에 앉았다. 오죽노가 전서구를 풀어 그 안의 내용을 살폈다.

"나쁘지 않군. 생각보다 욕심이 많은 자였나?"

오죽노가 빙그레 미소를 짓는다.

"삼 사제에게서 온 것입니까?"

장내에 이십여 명의 고수가 모여 있었다. 한 명 한 명 그 기도가 범상치 않은 자들이다. 남녀노소가 섞여 있어 한 무리로 보기에 어색한 면도 있었다.

질문을 한 자는 그중 오죽노의 대제자 종목염이었다.

"음!"

오죽노가 고개를 끄떡였다.

"사제를 부르는 것이 낫지 않겠습니까? 주남, 그자도 고분고분하다니……."

종목염이 다시 물었다.

"아니, 그를 지키는 것은 무엇보다 중요하다. 일의 성패는 결국 염초가 들어왔다는 것을 숨길 수 있느냐에 달려 있다. 육혈봉에 육혈무성의 유물이 있다는 것을 의심하는 자들도 있을 것이다. 그런 자들에게 염초의 존재가 들어가면 단번에 이 함정을 알아챌 것이야."

"알겠습니다."

한 번 이상 오죽노의 말에 다른 의견을 내지 않는 수하들이다. 하물며 가장 오랫동안 오죽노 곁에 있었던 대제자 종목염은 두말할 나위가 없었다.

우직한 그의 성정을 오죽노는 좋아했다. 어쩌면 자신이 갖고 있지 못한 그 우직함에 대한 동경일 수도 있었다.

천천히, 그러나 쉬지 않고 추구하는 무공에 대한 열정도 높이 샀다. 그래서 종목염은 현재 오죽노의 제자 중 가장 강력한 무공을 지니고 있는 사람이기도 했다.

물론 최근 들어 그에게 필적할 만한 인재 한 명이 성장하기는 했다. 그리고 오죽노의 시선이 요즘 들어 자주 그에게로 향했다.

"중광!"

오죽노가 멀찍이 떨어져 있는 중광을 불렀다. 오죽노의 마지막 제자, 그리고 어쩌면 종목염을 능가할지도 모른다는 기대를 하는 제자다.

"예, 대인!"

중광은 정식으로 오죽노의 제자로 인정됐다. 그러나 그는 단 한 번도 오죽노를 스승이라 부른 적이 없었다. 그에게 오죽노는 언제나 대인이다.

"좌익을 맡는다."

"……?"

중광이 멀뚱하게 오죽노를 바라본다. 다른 사람들도 놀란 표정이다.

오죽노는 구천맹과 마천의 고수들을 한록산 육혈봉에 끌어들이며 자신을 따르는 자들을 셋으로 나눴다.

좌익에 일백, 우익이 이백이다. 그리고 중군에 또 이백을 두어 모두 오백의 절정고수가 구천맹과 마천을 상대할 요량이었다.

그런데 그중 좌익의 수장으로 중광을 지목한 것이다.

중광은 오죽노 자신에게는 모르지만 다른 사람들에게는 여전히 애송이일 뿐이다. 그런 그를 좌익의 수장으로 정한 오죽노의 결정은 모두에게 뜻밖일 수밖에 없다.

"제가 어찌……."

"자격은 충분하다."

"하지만 좌익에는 무명도주나 다른 관주들도……."

좌익에 포함된 자들은 모두 하나같이 빠른 자들이었다. 당연히 흑성과 연관된 자가 다수 포함되어 있었고, 그중에는 무명도주 천도수나 다른 관주들, 그리고 전대 흑성도 여럿 있었다.

중광의 의문은 다른 사람들도 동일하게 가지고 있었다. 중광 자신이 바로 무명도주와 관주들에 의해 성장한 사람이 아닌가. 이는 곧 제자가 스승을 수하로 두는 것이나 마찬가지 일이다.

"중광 너 마불을 보았지?"

"그렇습니다."

"지금 그와 겨룬다면 패하겠느냐?"

"……."

중광이 대답을 하지 못한다. 그런데 그 모습에 장내의 사람들이 다시 한 번 놀란다.

중광이 대답을 하지 못한다는 것은 마불 구르간과 겨뤄볼 자신이 있다는 뜻이다.

오죽노가 중광을 총애하고 있다는 것은 장내의 사람들 모두 알고 있었다. 그러나 그 총애가 마불 구르간과 겨룰 수 있는 무공에서 기인한다는 사실은 아무도 몰랐던 것이다.

"지금 이곳에 마불과 겨뤄 승부를 예측할 수 없는 사람이 누가 있는가?"

오죽노가 장내를 돌아보며 물었다. 그의 질문에 답을 하는 사람은 아무도 없었다.

마불 구르간이 누군가. 마천육마 중에서도 무공으로는 검마와 더불어 쌍벽을 이루는 자다. 그런 마불과 무공으로 겨뤄볼 수 있는 자는 장내에 없었다.

"오직 두 사람이 가능하다."

대답은 오죽노 스스로 했다.

사람들의 시선이 일제히 오죽노에게로 모인다. 한 명은 이미 답이 나왔다. 오죽노 스스로 지목했던 중광이다. 그럼 다른 한 명은 누굴까 하는 의문이 사람들 얼굴에 떠올랐다.

"그중 한 명은 이미 말했듯 중광이다. 그리고 다른 한 명은… 목염, 너 역시 그와 겨룰 수 있다."

"스승님, 제자는……."

"너 스스로는 몰라도 내 눈은 정확해. 너의 대웅권은 충분히 마불의 천불마장을 상대할 수 있다. 해서 네가 우익을 맡는다."

오죽노가 그 이유까지 설명하면서 우익의 수장을 정했다. 오죽노의 결정이므로 누구도 이의를 제기하지 못한다. 그러나 사람들 마음속에서 중광과 종목염에 대한 의구심이 모두 사라진 것은 아니었다.

"모두들 두 사람에 대한 의구심이 있을 줄 아오. 그러나 이 두 사람은 내가 보증하오. 그러니 둘을 믿고 따라주시오."

이쯤하면 누구도 오죽노의 말에 수긍하지 않을 수 없다.

"명대로 따르겠습니다."

먼저 대답한 사람은 무명도주 천도수였다. 그러자 다른 사람들도 고개를 숙여 오죽노의 말에 수긍했다.

"중군은 내가 직접 지휘하겠소. 물론 비산문주와 자부문주께서도 중군에서 나와 함께 계십시다."

"알겠습니다. 대인!"

자부문주 공륭이 대답하자 비산문의 새로운 문주 왕홀 역시 고개를 숙여 보였다.

"우극은 내 옆에 머물며 삼군 간의 소통을 맡는다."

오죽노가 이 제자 지우극에게 명을 내렸다.

"명에 따르겠습니다."

"아랑은 염초를 맡는다."

"예, 사부님!"

섬아랑이 대답했다.

대업에 임해서는 다른 누구보다도 철저히 제자들 위주로 판을 짜고 있는 오죽노다. 아마도 최후까지 신뢰할 수 있는 사람은 제자들이라고 생각하는 듯했다.

"소아는 어디쯤이냐?"

오죽노가 이 제자 지우극에게 물었다.

"어젯밤 명하신 장소에 도착했다 합니다. 이숙께서 동행하고 계시니 걱정하실 것은 없습니다."

"좋아. 그럼 모든 준비가 끝났군. 모두 들으시오."

"예, 대인!"

장내의 사람들이 일제히 대답했다.

"긴 여정을 끝내고 이제 결과를 볼 때가 되었소. 이 한 번의 싸움이 우리의 운명과 천하의 운명을 결정하게 될 것이오. 삶과 죽음의 경계에 우리 자신을 내모는 일이오. 대신 산다면 우린 천하의 주인이 될 수 있을 것이오. 그러니… 두려움을 잊고 최선을 다해주시오!"

"명을 받듭니다."

"그리고… 각 세력의 후기지수 중 열을 뽑아주시오. 장래를 맡길 수 있는 이십 세 이전의 아이들로 말이오."

갑작스런 오죽노의 명에 사람들이 어리둥절한 표정을 짓는다.

"이번 일은 칠 할의 승부요. 삼 할의 실패를 대비하지 않을 수 없소. 그러니 가려 뽑은 아이들은 가장 후방에 둘 것이오. 일이 잘못되면 그 아이들은 나의 다섯 번째 제자인 위소아가 기다리는 곳으로 가게 될 것이오. 이후에는 나의 사제 곡풍의 보살핌을 받으며 각자 후대를 다시 이어가게 될 것이오."

"아……!"

누군가의 입에서 탄성이 흘러나온다. 싸움에 임하는 결연함과 면밀하게 각 파의 안위를 살피는 오죽노의 세심함에 감동을 한 듯싶었다. 후대를 준비해 둔다면 장내의 사람들은 아마도 두려움 없이 싸움에 임할 것이다.

또한 오죽노가 다섯 번째 제자이자 청마표국의 소국주 위소아를 자신의 제자가 아니라 봉황문주의 제자로 세상에 알려지게 한 이유가 드러나는 순간이기도 했다.

오죽노는 위소아에게 처음부터 후일을 대비하는 일을 맡길 요량이었던 것이다. 아마도 청마표국의 재력까지 고려한 결정일 것이다.

"시작합시다."

오죽노의 명에 장내의 사람들이 빠르게 움직이기 시작했다.

그런데 모든 사람이 장내를 벗어나는 와중에도 그 자리에 서 있는 사람이 있었다. 중광이었다.

"부탁하마."

오죽노가 마치 외톨이처럼 서 있는 중광을 보며 말했다.

"왜 제게……."

중광이 처음 질문을 다시 했다. 좌익을 맡긴 오죽노의 뜻이 여전히 그 자신에게는 모호했다.

"널 믿고 싶구나."

오죽노가 말했다.

"참으로 대단하십시다."

중광이 삐쭉거렸다.

"하하, 좋아좋아. 아마 한록산에 있는 자 중 누구도 너와 같은 말을 내게 할 수 없을 것이다. 그럼에도 난 널 믿겠다."

"언제든 이 칼로 대인을 칠 수 있습니다."

"후후후, 넌 아마 그렇게 하지 못할 것이다."

"사람은 믿는 것이 아니지요. 더군다나 이미 한 번 배신해 본 사람은 말입니다."

"아니, 그래서 널 믿는다. 친구에 대한 네 배신에 어떤 가치라도 부여하고 싶을 테니까. 천하… 좋지 않으냐? 배신의 대가로! 넌 최선을 다할 거야. 하하하!"

오죽노가 호쾌한 웃음을 터뜨리며 장내를 벗어났다. 그러자 이제 정말 중광 홀로 이 크고 오래된 대전에 남았다.

그의 곁에는 아무도 없었다. 아버지 중천산조차도 이미 대전을 떠난 뒤였다. 어쩌면 중천산은 중광이 오죽노와 대화할 시간을 준 것인지도 몰랐다. 물론 그로서는 두 사람의 대화가 이렇게 짧을 줄은 몰랐을 것이다.

"늙은이가 뭘 잘못 알고 있군. 배신의 대가로 원한 것이 천하인데 천하를 얻는 일이라면 오죽노 당신이라고 배신하지 못할까. 흐흐!"

중광이 실소를 흘리며 고개를 저었다. 그리고 도를 움켜쥐며 다시 중얼거렸다.

"내가 천하를 갖게 되면 그 기념으로 반드시 당신의 목을 베어주지."

대전을 벗어난 오죽노가 육혈봉 아래를 응시했다. 함정과 기관으로 가득 찬 한록산의 여러 갈래 계곡이 보인다.

아스라이 한록산의 관문인 절벽 사이의 문과 작은 호수도 눈에 들어온다. 그 문을 통해 천하의 고수들이 몰려들 것이다. 그리고 그들은 육혈봉에 오르는 길 위에서 육혈무성의 얼굴을 볼 것이다.

"그리고 최후에는 나의 얼굴이 육혈무성과 함께 있는 것을 보겠지. 이 땅은 무덤이야. 육혈무성이 잠든 무덤… 구천맹이 잠들고 마천이 잠들 무덤이다. 그리고 새롭게 육혈무성이 부활할 것이다."

오죽노의 옆으로 우연히 낙엽 하나가 날아들었다. 오죽노가 입으로 가볍게 바람을 불어냈다. 그러자 낙엽이 육혈봉 아래도 곤두박질치듯 떨어져 내렸다.

"천하도 이와 같이 내 손에 떨어지리라!"

오죽노의 눈에서 지금까지 볼 수 없었던 광기가 흘러나왔다. 어쩌면 그것이야말로 그의 진실한 모습일지도 몰랐다.

*　　*　　*

기이한 동행이 이어졌다.

마천의 무리와 구천맹의 고수들은 일정한 거리를 두고 한록산으로 향했다.

다른 때였다면 서로 조우하는 순간 격돌했을 이 견원지간의 무리가 조용히 서로를 자극하지 않고 한록산을 향해 동행하고 있었다.

그런데 두 세력이 격돌하지 않으면서 기이한 일이 일어났다. 그들과 함께 한록산으로 향하던 강호의 무림인들이 하나 둘 육혈무성의 기보를 포기하기 시작한 것이다.

단 한 번의 싸움도 없이 이어지는 팽팽한 긴장감, 절대고수들이 뿜어내는 강렬한 기운들이 보물을 쫓는 자들을 자포자기하게 만들었다.

그래서 한록산 입구에 도착한 보물 사냥꾼은 처음 수천에서 수백으로 줄어 있었다. 그리고 그중 또 절반 이상은 구천맹과 마천의 절대자들이었다.

숫자가 줄어든 무림인들이 한록산 근처에서 배를 갈아탔다. 장보도가 가리키는 대로 이동하자면 강줄기가 좁아져 그들이 타고 온 배로는 더 이상 전진할 수 없었다.

구천맹과 마천의 고수들은 쉽사리 작은 배들을 끌어모았다. 천하를 지배하는 그들이었으므로 말 한마디에 한 시진이 걸리지 않아 소선이 그들 앞에 당도했다.

그 배들을 타고 다시 두 무리의 고수가 한록산으로 향했다. 그리고 그 즈음에서 두 무리에 속하지 않은 고수들과 거리 차가 생기기 시작했다.

그래서 구천맹과 마천의 무리를 쫓는 무리는 그리 많지 않았는데 그중에는 궁비영 일행도 포함되어 있었다.

궁비영은 언제나처럼 귀보전과 함께 있었다.

두 사람은 단출하게 세 명의 유령사와 함께 구천맹과 마천의 고수들을 따라 한록산으로 진입했다.

물론 이미 한록산 주변에 유령문에서 동원할 수 있는 거의 모든 숫자의 유령사가 들어와 있었다. 숫자만도 일백에 육박하는 유령사들이었다.

유령사들에게는 구천맹과 마천의 고수들이 가지지 못한 것이 있었다. 한록산 내부의 지형에 대한 정보가 바로 그것이었다.

주남과 함께 한록산 육혈봉에 올랐던 궁비영이 살펴보았던 한록산의 지형은 토귀가 알려준 내부의 비밀 통로들에 대한 정보와 더해져 그 누구보다 상세한 정보를 유령문에 제공했다.

그 정보를 바탕으로 움직이게 될 유령사들은 아마도 그 실체가 드러났을 때 오죽노에게 악몽이 될 것이다.

"사천에서 소식이 왔습니다."

문득 귀보전이 입을 열었다.

"사천에서요?"

궁비영이 되물었다.

"예. 청마표국의 소국주 위소아가 일단의 무리를 이끌고 한록산 인근으로 향했다는 소식입니다."

"오죽노의 제자이니 그의 편에 서려는 것일까요?"

"그런 것 같습니다. 다만 그녀가 이 싸움에 직접 관여할지는 모르겠습니다. 그녀가 비록 오죽노의 제자이기는 하나 무공은……."

하긴 궁비영이 보았던 위소아는 무공이 그리 뛰어나진 않았었다. 물론 강호의 평범한 고수들에 비하면 뛰어난 무공이지만 육혈무성의 유물을 노리는 절대고수들과는 견줄 수 없는 수준이었다.

"그녀의 위치를 확인해 주십시오."

"아무래도 그래야겠지요?"

"이런 싸움에서 무공이 부족한 그녀의 쓰임새는 하나밖에 없지요."

"역시 그 생각을 하셨군요. 저도 그리 생각했습니다. 아마도 그녀는 오죽노의 퇴로를 준비하고 있을 겁니다."

귀보전이 눈앞에서 보듯 오죽노의 생각을 읽어냈다.

"그 일은… 천수에게 맡겨야겠군요."

"그들이 나설까요?"

"할 겁니다."

궁비영이 확신하듯 말했다.

"그들은… 오죽노를 두려워하고 있습니다."

"그렇기는 하지만 적어도 한 대의 화살은 날리고 싶은 욕망이 있을 겁니다. 한록산에 들어와서 싸우라면 거절하겠지만 청마표국의 소국주 정도라면, 그것도 그녀와 싸우라는 것은 아니지 않습니까. 그저 뒤를 따르는 것뿐이니……."

"알겠습니다. 일단 그리 전하지요."

귀보전이 대답을 하고는 배 뒤쪽에 앉아 있는 유령사를 불러 나직하게 궁비영이 전한 말을 다시 전했다. 그러자 유령사가 고개를 숙여 보이고는 급히 전서구를 준비하기 시작했다.

배는 어느새 빽빽하게 자란 자작나무 숲 사이로 들어섰다. 이제 겨울도 끝나 봄기운이 물씬 오르고 있었다. 초록의 빛이 짙지는 않았지만 더 이상 겨울의 잔상은 남아 있지 않았다.

'참 싸우기 좋은 계절이군.'

예전 지략가들은 전쟁의 시기를 계절에 따라 결정했었다. 그런 의미에서 봄은 싸우기 좋은 계절이다.

궁비영이 곧 수많은 피로 물들 한록산을 바라봤다. 높지는 않지만 기암괴석이 우후죽순처럼 솟아 있는 한록산이다.

그리고 그 중심에 아스라이 육혈봉이 보인다. 아마도 저곳 어디에선가 오죽노가 그를 내려다보고 있을 것이다.

'그 얼굴 보고 싶군.'

궁비영이 중얼거리는데 문득 귀보전이 유령사에게서 무슨 소식을 듣고는 조심스레 궁비영에게 접근했다.

"저기……."

귀보전의 표정이 썩 밝지 않다.

"무슨 일입니까?"

"그… 당 여협이 한록산에 왔답니다."

"…그녀가요?"

"그렇습니다. 구천맹에서 흑성을 대거 동원했는데 그중에 당 여협도 포함되어 있다고 합니다. 하루 거리 뒤에 구천맹과 마천의 고수들이 후군으로 따르고 있었답니다. 그중에……."

"참 고집이 센 여인이지요."

궁비영이 고개를 저으며 중얼거렸다. 그녀와 헤어질 때 이 분란이 끝날 때까지 가급적 맹의 일에서 떨어져 있으라고 당부했었다. 다른 흑성들은 몰라도 당가주의 딸이라면 충분히 흑성의 일과 거리를 둘 수 있기 때문이었다.

물론 궁비영도 그녀가 자신의 말을 들을 거란 생각은 하지 않았었다. 서로에 대한 사랑과는 상관없이 그녀에게도 해야 할 일이 있었다. 궁비영이 유령문의 계명흑성으로 해내야 하는 일이 있듯이 말이다.

"괜찮겠습니까?"

"뭐… 어쩔 수 없지요."

말은 그렇게 했지만 당장에라도 달려가 그녀를 만류하고 싶었다. 한록산에서 멀어지라고. 그러나 아마 그렇게 말한다 해도 그녀는 한록산을 떠나지 않을 것이다.

"구천맹과 마천 두 세력의 후군 행보를 주시하라 하겠습니다."

귀보전의 말에 궁비영은 더 이상 대답하지 않았다. 유령사들이 구천맹과 마천 고수들의 행보를 살피는 것은 반드시 궁비영과 당목의 관계 때문은 아니었다.

한록산에서 일어날 수 있는 변수 몇 중에는 그들의 움직임 역시 포함되어 있었다.

"그런데 재미있겠군요."

문득 궁비영이 말했다.

"무엇이 말입니까?"

"한록산에 흑성이 모두 모이니 말입니다. 전대와 현재의 흑성, 흑성을 키워낸 도주들… 그리고 흑성의 뿌리인 유령사까지 말입니다."

"하하, 그렇군요. 정말 묘한 인연들이지요."

귀보전이 짐짓 웃음을 흘리며 대답했다.

"사실 이 싸움은 그들의 싸움일 수도 있지요."

궁비영이 말했다. 귀보전이 대답 없이 고개를 끄떡였다. 그도 궁비영의 말에 동의하고 있었다.

이 싸움은 결국 염초를 다루는 일에서 그 결과가 날 것이다. 염초를 둔 싸움은 구천맹과 마천의 절대고수들이 아닌 흑성들의 손에서 승패가 갈릴 것이니 결국 한록산의 싸움은 흑성들의 싸움이라고도 할 수 있었다.

뿌우우!

멀리 마천의 무리 중 선두에 선 배에서 길게 뿔피리 소리가 울렸다. 그 소리에 시선을 들어 보니 한록산의 관문이 보였다.

절벽 사이로 난 수로. 수로를 통과하면 배들이 정박할 수 있는 작은 연못이 있을 것이고, 그때부터 경쟁이 시작될 것이다.

그러나 그 모든 것이 오축노의 그물로 들어가는 경쟁일 뿐이라는 것을 그들은 여전히 모르고 있었다.

"오축노가 저들을 한데 모을까요? 아니면 각개격파를 할까요?"

궁비영이 귀보전에게 물었다.

"염초를 모았다는 것은 한데 모으겠다는 의미겠지요."

"구천맹에는 언제 소식을 전하면 좋겠습니까?"

다시 궁비영이 물었다. 이러니저러니해도 지금 유령문과 구천맹은 맹약을 맺은 사이였다. 그러니 오축노가 염초로 함정을 팠다는 사실을 언젠가는 알려야 한다.

"알려야 합니까?"

귀보전이 되물었다. 순간 궁비영은 퍼뜩 귀보전이 유령문의 사람임을 깨달았다.

유령문의 입장에서 가장 좋은 것은 마천과 구천맹의 몰락이다. 단지 그 몰락이 오죽노의 이득으로만 이어지지 않으면 된다. 그 안에서 죽어갈 사람들을 걱정하는 것은 유령문의 몫이 아니었던 것이다.

"그렇군요. 상관없겠군요."

"언짢으시더라도… 이것이 강호입니다. 또한 유령문이 생존하기 위한 가장 좋은 환경이지요."

귀보전이 변명하듯 말했다. 궁비영은 그의 말에 더 이상 대꾸하지 않았다. 강호가 비정한 곳임을 누구보다 잘 아는 궁비영이다.

'오죽노와 중광… 그 두 사람에게만 집중하겠다. 나머지는… 각자의 몫이지.'

궁비영의 생각이 가벼워졌다. 세상의 일은 세상에 맡기면 그뿐이다.

그들의 운명은 그들이 결정할 것이다. 궁비영은 자신의 운명만 책임지기로 했다.

쿵!

배가 산기슭에 닿았다. 절벽 안쪽 호수는 워낙 작아서 궁비영 등이 탄 배가 정박할 여유가 없을 것이다.

아니, 그것보다도 그들의 존재가 구천맹이나 마천, 혹은 오죽노에게 알려지는 것은 좋지 않았다. 그러니 길이 멀어도 산을 타고 이동하는 것이 유리했다.

궁비영과 귀보전이 세 명의 유령사와 함께 배에서 내렸다.

그러고는 가파른 절벽과 비탈진 산의 경계를 따라 이동하기 시작했다.

그런데 기이한 것이 사람의 심리인 모양이다. 궁비영 등이 마천이나 구천맹 고수들과 다른 길을 택하자 그들을 따라오는 자들이 있었다.

물론 그들 역시 마천과 구천맹에 속하지 않은 자들이었다. 그 두 세력의 사람이 아닌 자들은 한록산에 들어오면서도 줄곧 마천과 구천맹에 대해 큰 부담을 느끼고 있었다.

그래서 그들의 뒤꽁무니만 멀찍이 떨어져 따르고 있다가 궁비영 등이 다른 길을 택하자 마치 그 길이 육혈무성의 유물을 취할 수 있는 유일한 길인냥 궁비영 일행을 따르기 시작했던 것이다.

"귀찮군요."

귀보전이 자신들을 따라오고 있는 강호인들을 보며 중얼거렸다.

"외려 잘된 일입니다. 저들이 섞이면 우릴 구분해 내기 어려울 겁니다."

"그렇기는 하지만……."

"때가 되면 뒤로 빠지면 그뿐입니다."

"듣고 보니 그렇군요. 그럼 속도를 조절해야겠습니다."

일행은 산을 타는 속도를 조금 늦췄다. 그러자 금세 그들의 뒤를 따르던 자들이 일행을 따라붙었다.

그리고 잠시 후 궁비영 등은 절벽 위쪽에 올라섰다.

"아! 육혈봉이 저기군."

절벽에 올라서자 육혈봉이 눈앞에 보일 듯 가까워졌다. 절벽 너머 호수가에서는 이미 배에서 내린 구천맹과 마천의 고수들이 육혈봉으로 이어진 계곡을 따라 전진하는 것이 보였다.

"서둡시다. 저들보다 앞서야지 않겠소?"

누군가 무리를 선동했다. 그러자 절벽 위에 오른 무인들이 누가 먼저랄 것도 없이 신형을 날려 육혈봉을 향해 달리기 시작했다.

제6장

무너지는 산

사람들은 절벽에 새겨진 거대한 부조 앞에서 전율했다. 각기 다른 방향을 보고 있는 여섯 사람의 부조, 얼굴과 가슴 정도만 새겨진 절벽 위의 부조는 마치 살아 있는 것처럼 생생하다.

"정말이었어……!"

누군가의 떨리는 목소리가 흘러나왔다.

절벽 위 여섯 사람의 부조는 비단 그 웅장하고 섬세함 때문이 아니라 부조의 존재가 가지고 있는 의미로 인해 사람들을 격동시키고 있었다.

한눈에 보아도 부조가 만들어진 것은 최근의 일이 아니다. 적어도 수백 년은 됨직한 풍상이 느껴지는 부조였다.

그리고 부조의 주인공은 어린애라도 짐작할 수 있었다. 여섯 사람의 절대자, 한때 천하를 지배했던 그 고금절후의 절대자들, 육혈무성이다.

육혈무성의 부조가 존재한다는 것은 적어도 장보도가 가리키는 이 한록산 육혈봉이 육혈무성과 관계가 있다는 것을 의미했다.

장보도는 진짜였고, 유물이 존재할 가능성은 커졌다.

사람들 눈에 욕망의 빛이 일렁이기 시작했다. 이제 그들이 가지고 있던 일말의 의심은 사라졌다. 대신 그 자리를 조급함이 차지하기 시작했다. 이젠 누가 먼저 육혈무성의 유물을 찾아내느냐의 싸움이었다.

스슥!

뒤에 있던 자들이 육혈무성의 부조 아래 뚫려 있는 문을 통과하는 대신 사방으로 흩어져 달리기 시작했다.

어차피 구천맹과 마천이 존재하는 한 정상적인 방법으로는 육혈무성의 유물을 손에 넣을 수 없다. 그렇다면 그들과는 다른 길로, 그것도 서둘러 움직여야 한다.

구천맹과 마천의 고수들이 아닌 자들은 순식간에 장내에서 사라졌다. 벌써 문을 중심으로 길게 둘러선 장벽을 타고 오르는 자들도 보였다.

"이것 참, 일이 맹랑하게 되었군."

문득 검마 황조가 중얼거렸다. 그 목소리는 구천맹의 고수들에게도 들린다.

"그러게 말이오. 죽은 자들의 얼굴이 사람들을 움직이다니……. 쯔쯔, 그런들 그들의 손에 들어갈 것은 아무것도 없는데 말이오."

마불 구르간이 혀를 찬다. 그러자 혼마 상묘운이 말했다.

"후군을 한록산에 진입시키겠소. 혹시라도 보물을 찾은 자들이 떠나는 것을 막아야 하니……."

말을 하며 상묘운이 슬쩍 구천맹 쪽을 바라본다. 그러자 화산 장문인 진림이 상묘운을 한 번 바라보고는 소림의 정명선사에게 말했다.

"우리도 형제들을 움직여야지 않겠습니까?"

"그래야겠지요. 육혈무성의 유물이 사마의 손에 들어가게 할 수는 없으니……."

"그럼 기별을 넣지요."

화산의 진림은 여전히 상묘운을 보고 있었다. 그러자 상묘운이 빙그레 미소를 지으며 구천맹의 수장들에게 큰 소리로 외쳤다.

"양쪽의 고수들이 모두 한록산에 진입하면 보물을 구경하기도 전에 생사전이 벌어질 거요. 그걸 원하시오?"

"그게 싫다면 마천이 물러나면 될 것 아니오?"

진림이 대꾸했다.

"하하하, 그러면 좋겠지만 사람 욕심이란 것이 어디 그렇소? 음… 이러면 어떻겠소?"

"말해보시오?"

"들어올 때 통과한 뱃길과 계곡을 중심으로 동쪽은 구천맹,

서쪽은 우리 마천이 맡는 것이오. 그리되면 최소한 엉뚱한 자들에게 보물이 들어가는 것은 막을 수 있지 않겠소? 양파 간의 싸움도 없을 것이고… 물론 결국에는 싸우게 되겠지만 보물을 찾을 때까지 만이라도……."

"나쁘지 않구려. 서로에게 손해날 일은 아닌 것 같소"

진림이 말을 하고는 슬쩍 구파의 수장들을 돌아봤다. 그러자 구파의 수장들도 가볍게 고개를 끄떡여 상묘운의 제안에 동의했다.

"하하하, 역시 구천맹의 수장들께서는 현명하시오. 그럼 그렇게 하는 것으로 결정합시다."

"좋소. 부디 약속은 꼭 지키기 바라오."

"하하하, 우리 마천이 좀 거칠기는 해도 약속은 지키는 사람들이라오."

"글쎄… 어디 두고 봅시다."

두 마리의 전서구가 하늘로 떠올랐다. 전서구들은 마치 한 쌍처럼 남쪽으로 날아갔다.

그리고 얼마 후 한록산 외곽에 머물던 구천맹과 마천의 후군들이 한록산을 향해 움직였다.

"구천맹은 동쪽, 마천은 서쪽을 장악했습니다."

유령사 한 명이 궁비영과 귀보전에게 다가와 말했다.

"후후, 평시에도 좀 그렇게 사이좋게 지내지. 그럼 천하가 평안할 텐데."

귀보전이 실소를 흘리며 중얼거렸다.

"향서(香鼠)는 몇 마리나 준비했습니까?"

궁비영이 유령사에게 물었다.

"모두 서른두 마리입니다."

유령사가 말했다.

"좋습니다. 그럼 들어가죠."

궁비영의 말에 일행이 서둘러 육혈무성의 부조 아래 뚫린 길을 통해 육혈봉으로 진입해 들어갔다.

물론 이미 구천맹과 마천의 고수들이 모두 육혈봉에 들어 문을 지키는 자도, 혹은 그들을 지켜보는 자도 없었다.

그런데 궁비영 일행이 막 문을 통과해 육혈봉에 진입했을 때 예상외의 일이 벌어졌다.

쿵!

거대한 돌덩이가 떨어지는 소리가 등 뒤에서 들렸다.

궁비영 일행이 돌아보니 그들이 통과했던 절벽 아래 관문이 거대한 바위로 막혀 있었다.

"드디어 시작인가?"

궁비영이 중얼거렸다.

쿵쿵쿵!

연이어 사방에서 같은 소리들이 들려왔다. 아마도 육혈봉에 이르는 모든 문이 막히는 소리일 터였다.

그러나 보물을 찾아 헤매는 자들에게 이 소리는 그리 중요하게 들리지 않을 것이다. 보물을 찾는 그들의 눈과 마음이 귀를 막아버렸을 것이기 때문이었다.

"조금 달라졌군요."

육혈봉 정상은 궁비영이 왔을 때와 그 모습이 달라져 있었다. 궁비영과 주남이 왔을 때의 정갈했던 모습은 찾아보기 힘들었다. 대신 오래된 석재들이 나뒹굴고 있었고, 곳곳에 고목들이 쓰러져 있었다.

오죽노가 거처하던 대전 역시 반쯤 허물어져 있었다. 누가 봐도 수백 년간 방치된 듯한 육혈봉의 모습이었다.

물론 눈 밝은 자들은 그 안에서 최근의 사람 흔적을 찾을 수도 있을 것이다. 그러나 그 역시 보물에 눈먼 자들에겐 전혀 관심을 끌지 못하고 있었다.

"보물에 눈이 멀면 한 치 앞도 보이지 않지요."

귀보전이 혀를 찼다.

그들에 앞서 육혈봉에 오른 자들이 사방을 이 잡듯이 뒤지고 있었다. 그러다가 한순간 누군가의 목소리가 들렸다.

"석동이다!"

육혈봉 지하로 들어가는 석동이 발견된 모양이었다. 그런데 뒤이어 그에 호응하듯 다른 사람들의 목소리로 들렸다.

"이곳에도 있다."

"여기도!"

사람들에 의해 발견된 석동은 모두 다섯 개. 보물에 눈이 먼 자들이 지체하지 않고 석동으로 달려 들어갔다. 물론 그 선두에는 구천맹과 마천의 무리가 있었다.

마치 호리병에 물이 빨려 들어가듯 그렇게 사람들이 석동 안으로 사라져 갔다.

한순간 육혈봉 정상이 황량해졌다. 그 황량함이 오히려 정말 수백 년간 육혈무성의 전설을 품어온 장소 같은 느낌을 들게 했다.

"우리도 들어가 볼까요?"

귀보전이 궁비영에게 물었다. 그러자 궁비영이 고개를 끄떡이고는 유령사들에게 말했다.

"지금부터 향서를 움직이세요."

"조금 이른 것 아닐까요?"

귀보전이 조심스럽게 물었다.

"늦는 것보다는 나을 겁니다."

"알겠습니다. 그리하겠습니다."

귀보전이 대답을 하고는 고개를 돌려 유령사들에게 고개를 끄떡여 보였다. 그러자 유령사들이 삽시간에 장내에서 사라졌다.

"우린 들어가 보지요."

궁비영이 천천히 사람들이 들어간 동굴 중 하나를 향해 걸어갔다.

"모두 몇이라고?

오죽노가 느긋하게 걸음을 옮기며 물었다. 그러자 그의 가신 백로가 대답했다.

"육혈봉에 든 자가 도합 삼백여 명, 그리고 한록산으로 진입한 후위의 구천맹과 마천의 무리가 도합 오백여 명 정도 됩니다.

"나쁘지 않군."

"생각보다는 숫자가 적군요."

자부문주 공륭이 말했다.

"숫자의 문제가 아니지요."

오죽노가 말했다.

"하지만 강호에 존재하는 구천맹과 마천의 문도는 일만에 육박할 겁니다. 그 세력은 언제라도……."

"뱀의 머리를 자르면 몸통은 줍는 사람이 주인이 아닙니까? 강호에 남아 있는 자들은 결국 이 한록산에서 살아남는 자의 수중에 들어갈 겁니다. 그 주인이 문주일 수도 있지요."

오죽노가 빙그레 웃으며 말했다. 그러자 공륭이 얼른 손을 저으며 말했다.

"만부당한 말씀이십니다. 천하의 주인 자리는 오직 오죽노께서만 감당하실 수 있지요. 저야 그저 가문의 영화에 만족할 뿐입니다."

"그럴 수는 없지요. 강호는 넓고, 사람은 구름 같습니다. 그 거대한 강호를 어찌 나 혼자 감당하겠습니까? 문주께서도 거드셔야지요."

"저야 언제나 대인을 도울 것입니다."

"하하, 고맙습니다. 아무튼 강호에 사람들이 남아 있는 것을 걱정하지 마십시오. 사람이 없다면 강호를 얻은들 무슨 소용이겠습니까? 외려 이곳에 든 자들이 적은 것이 좋은 일이지요. 이곳에 든 자들은 모두가 구천맹과 마천의 수뇌입니다. 그들을 제압하면 남아 있는 자들은 걱정할 필요가 없습니다."

"역시 오죽노께선 대인이십니다. 저와 같은 사람과는 생각이 전혀 다르시군요."

공륭이 아부를 떤다. 자부문주라는 그의 위치를 생각하면 어울리지 않는 일이지만 오죽노는 그 아부가 싫지만은 않은지 빙그레 미소를 짓는다.

그사이 오죽노 일행이 거대한 석문에 도착했다.

"어떤가?"

오죽노가 석문 앞을 지키고 있던 사내에게 물었다.

"비동의 문이 열리자 모두들 육혈비동에 들었습니다."

"좋아. 우극, 모든 출구를 봉쇄하라 전해라!"

"예, 사부!"

오죽노의 이 제자 지우극이 대답을 하고는 뒤로 물러났다. 그리고 잠시 후 육혈봉이 거대한 떨림을 일으켰다.

구르릉!

육혈봉이 흔들렸다. 지진이 일어난 것 같은 거대한 움직임이 육혈봉 곳곳에서 일어났다.

갑작스런 소란에 육혈봉 비동에 들어온 자들의 걸음이 빨라졌다. 그리고 거짓말처럼 그들은 근백여 장에 이르는 너른 지하 광장에 물고기 모여들 듯 모여들었다.

쿵쿵쿵!

뒤를 이어 그들이 들어왔던 비동의 출구가 거대한 석문으로 닫혔다.

"이… 이게 뭐지?"

꼼짝없이 비동에 갇힌 중인 사이에서 두려운 음성이 흘러나왔다. 구천맹과 마천의 절대고수들 역시 얼굴색이 어둡게 변했다.

물론 그렇다고 그들이 지금 일어난 일을 두려워하는 것 같지는 않았다. 단지 일이 그들의 예상과는 다르게 흘러가는 것에 대해 불편함을 느끼는 정도였다.

이들은 언제 어디서라도 자신의 한 몸을 지켜낼 수 있는 자신감을 가진 자들이기 때문이었다.

구르릉!

그때 잠시 멎었던 진동이 다시 일어났다. 그리고 지하 광장 북쪽의 벽면이 좌우로 열리면서 일단의 사람이 모습을 드러냈다.

지하 광장에 들어선 자들을 본 무림인들이 다시 한 번 경악했다. 그들의 눈앞에 나타난 자의 존재를 믿을 수가 없었던 것이다.

"오죽노!"

누군가의 입에서 모두를 놀라게 만든 한 사람의 별호가 흘러나왔다.

"정말 오죽노군."

"음……!"

오죽노에 대한 감정은 각자의 입장에 따라 제각기 달랐다. 누구는 그를 동정하고, 누구는 그를 두려워하며, 또 누구는 그를 증오했다. 하지만 그들 모두 공통된 반응은 놀람이었다.

본래 오죽노는 목양의 싸움에서 몸과 마음이 크게 상한 것으로 알려져 있었다.

구천맹에서 축출될 당시 오죽노의 몸 상태는 십 년을 정양해도 본래의 모습을 되찾기 어려울 것이란 것이 정설이었다.

그런데 그런 오죽노가 등장했으니 놀라지 않을 수 없는 일이었다.

"안녕들 하시오?"

자신의 등장으로 당황하고 있는 사람들을 향해 오죽노가 천연덕스럽게 인사를 건넸다.

"정말… 오죽노시오?"

소림이 정명선사가 믿을 수 없다는 표정으로 물었다. 그가 나타난 것도, 그 모습이 구천맹을 떠날 때와 달리 멀쩡한 것도 모두 믿을 수 없는 일이다.

"선사, 오랜만에 뵙는군요."

"아, 정말 오죽노시구려. 그래, 몸은……?"

"보시다시피 괜찮습니다."

오죽노가 두 손을 들어 보이며 말했다.

"참으로 다행이구려. 회복을 하셨다니……."

말을 하면서도 정명선사의 눈은 경계심을 품고 날카롭게 오죽노를 살폈다. 구천맹에서와는 뭔가 다른 오죽노의 기도를 느낀 것이다.

"그대도 육혈무성의 무공에 관심이 있는 거요?"

문득 오죽노와 정명선사의 대화에 제삼자가 끼어들었다. 마천의 혼마 상묘운이다.

"혼마… 오랜만이오?"

"후후, 그러게 말이오. 대혈곡에서의 금선탈각은 대단했소."

상묘운이 비웃듯 말했다. 대혈곡에서의 패배와 도주를 조롱하는 것이다.

"그때는 내 혼마께 큰 빚을 졌소. 당시 혼마께서 한 수만 더 썼어도 난 죽은 사람이었을 거요."

"하하하, 지금 보니 그렇지도 않은 것 같구려. 소문은 역시 믿을 게 못 되나 보오. 이렇게 멀쩡하게 세상에 모습을 드러내다니."

"후후후, 좋을 대로 생각하시오."

오죽노가 한줄기 웃음을 흘린다.

"다시 묻겠소. 그대도 육혈무성의 무공에 관심이 있소?"

혼마 상묘운이 정색을 하며 물었다. 그의 눈에서 은은한 살기가 드러난다. 그러자 오죽노가 물었다.

"그대의 생각은 어떻소? 세상 사람들이 평하기를 천하의 대사를 놓고 나와 견줄 수 있는 책사는 오직 두 사람, 천하제일현자 곡풍과 마천의 혼마 상묘운이라 하지. 그러니 그대의 고견을 듣고 싶구려."

오죽노가 오히려 상묘운에게 물었다. 그러자 상묘운이 잠시 침묵을 지키다가 입을 열었다.

"방금 전 난 한 가지 무서운 생각이 떠올랐소."

"그대에게도 무서운 것이 있소?"

오죽노가 웃으며 물었다.

"내 추측이 사실이라면 정말 무서운 일이지."

"말해보시오."

오죽노가 너그러운 주인처럼 말했다. 그러자 상묘운이 뚫어지게 오죽노를 노려보다가 물었다.

"오늘 우리를 이 육혈봉으로 초대한 사람이 그대요?"

상묘운의 질문에 사람들이 어리둥절한 표정을 지었다. 그러나 개중 눈치 빠른 자들은 이내 상묘운의 질문의 의도를 알아챘다.

"그렇소. 내가 여러분을 이곳으로 초대했소."

오죽노가 부인하지 않고 대답했다.

장내가 갑자기 소란스러워졌다. 육혈무성의 유물을 기대하고 있던 중인에게는 날벼락 같은 소리였다.

"그럼 육혈무성의 유물이란 것은 당신이 지어낸 이야기요?"

상묘운의 질문이 이어졌다.

"그렇지는 않소. 육혈무성의 유물은 존재하오. 하지만……."

오축노가 슬쩍 말꼬리를 흐린다.

"하지만 뭐요?"

"하지만 그 주인은 이미 정해져 있소."

"그게 설마 당신이오?"

상묘운이 쉬지 않고 물었다.

"그렇소."

"아!"

"역시……!"

곳곳에서 짐작했던 일이 벌어졌음을 깨달은 자들이 탄식을 흘렸다. 육혈무성의 유물에 대한 아쉬움 때문인지, 아니면 오축노의 간교함 때문인지는 알 수 없었다.

"육혈무성의 유물을 손에 넣었으면 그것으로 그대는 하늘의 복을 받은 것이오. 그런데 왜 그 유물을 이용해 우릴 이곳으로 부른 것이오?"

"설마 혼마께서 그걸 짐작하지 못하는 거요?"

오축노가 미소를 지으며 되물었다.

"그럼 역시… 우릴 모두 죽일 생각이구려."

상묘운의 질문이 이어지자 장내가 싸늘하게 식어갔다. 숨소리조차 제대로 흘러나오지 않았다. 차가운 살기가 지하 광장을 휘감았다.

오축노의 대답 여하에 따라 순식간에 장내는 피의 광장으로 변하기 일보 직전이다.

"사람의 목숨은 중한 것이오. 어찌 함부로 사람의 목숨을 취하겠소. 나 오죽노는 그리 독한 사람이 못되오. 마천의 그대들 같지는 않소."

"그럼 원하는 게 뭐요?"

상묘운이 물었다.

오죽노가 잠시 침묵을 지키다가 상묘운이 아닌 장내의 모든 사람들을 주욱 둘러보며 입을 열었다.

"지난 십수 년간 강호는 피의 전란이 끊이지 않았소. 물론 그 시작은 마천의 발호였소. 그러나 모든 책임이 마천에 있지는 않소. 천변 이후 천하가 다시 구천맹의 손에 들어갔을 때에도 구파는 마천만큼이나 독하게 강호를 다루었소. 그런 행동이 다시 마천의 부활을 부른 것이오."

오죽노가 마치 죄지은 사람을 추궁하듯 서늘한 목소리로 장내의 사람들을 호령했다.

그런 그의 말을 구파의 수장들조차 변명 없이 듣고 있었다.

"지금 강호는 다시 구천맹과 마천의 싸움으로 병들어가고 있소. 이대로라면 무림이 몰락할 수도 있소. 해서 나 오죽노가 이 병든 강호를 치유해야겠다고 결심했소."

"음……."

오죽노의 말에 곳곳에서 신음성이 흘러나왔다. 돌려 말했지만 강호일통의 뜻을 나타낸 것이다.

"오죽노께선 어떻게 강호를 치유할 생각이시오?"

소림의 정명이 물었다.

“간단하오. 마천과 구천맹의 싸움을 끝내면 그뿐이오.”

“무슨 방법으로 말이오?”

정명선사가 다시 물었다.

“난 무림맹을 세울 생각이오. 이 무림맹에는 구천맹과 마천은 물론 정사양도의 모든 고수가 모일 것이오. 강호의 분쟁은 무림맹을 통해 해결될 것이고, 피를 부르는 싸움은 더 이상 없을 것이오!”

오죽노가 선언하듯 말했다. 어찌 보면 천하를 손에 쥔 자의 명령 같기도 했다.

“당신에게 그럴 힘이 있다고 생각하시오?”

상묘운이 차가운 비웃음을 흘리며 물었다.

“난 승산이 없는 싸움은 하지 않소.”

“후후, 그러나 그대는 사천에서도 패했고, 목양에서도 패했지.”

상묘운의 비웃음이 계속됐다.

“물론 그렇소. 그러나… 그건 긴 싸움의 한 과정일 뿐이었소. 그래서 오늘은 다를 것이오. 왜냐하면 오늘이야말로 그대들은 완벽한 나의 세계에 초대된 것이니까.”

“함정을 판들 이곳에 모인 고수들을 모두 잡아둘 수는 없소. 우린 능히 이 함정을 뚫고 나갈 능력이 있소.”

허언이 아니다. 마천육마와 구파의 수장들이라면 어떤 함정도 벗어날 수 있다.

그리고 일단 그들이 밖으로만 나가면 오죽노는 철저하게 패하고 말 것이다. 구천맹과 마천이, 아니, 천하의 정사양도가 모두 그를 노릴 것이기 때문이다.

"여러분의 능력은 누구보다 내가 잘 알고 있소. 그래서 나 역시 특별한 선물을 준비했소이다."

"무슨 수작을 부린 거요."

상묘운이 경계심을 담은 눈으로 물었다.

"말보다는 직접 경험하게 해드리는 것이 좋겠지."

오죽노가 뒤를 돌아보며 고개를 끄떡였다. 그러자 그의 수하 한 명이 그들이 나온 동굴로 달려 들어갔다.

그리고 잠시 후 천둥치는 소리가 연이어 들려왔다.

쿠쿠쿵!

지하 광장의 석문이 막힐 때완 차원이 다른 소리다. 그 소리들이 메아리를 만들어내며 먼 곳으로 퍼져 나갔다.

그런데 그때였다. 광장으로 들려오는 소리에 장내의 무인들이 두려운 기색을 보이고 있음에도 오죽노는 뭔가 마음에 들지 않는다는 듯 살짝 아미를 모았던 것이다.

"우극!"

오죽노가 나직하게 이 제자 지우극을 불렀다.

"예, 사부!"

"소리가 이상하다. 내 계획대로 염초가 터지지 않은 것 같아. 가서 알아봐라!"

"예."

나직하게 대답을 한 지우극이 재빨리 장내를 벗어났다. 그리고 그 즈음 그 요란하던 천둥소리도 서서히 잦아들기 시작했다.

"오죽노… 염초를 준비했소?"

"하하하! 바로 그렇소. 난 이 한록산 곳곳에 일만 근의 염초를 준비했소. 이제 그대들은 온전히 나의 손에 떨어졌소. 이 지하 광장은 물론 한록산에 들어온 구천맹과 마천의 고수들 역시 내 손을 벗어나지 못할 것이오."

"흥, 당신에게 그들 모두를 제압할 세력이 있는가?"

무리 중에서 비웃음이 흘러나왔다.

오죽노가 바라보니 백문의 문주 군자우다. 그는 오죽노가 구천맹에 머무는 시절부터 그와 언쟁을 벌이곤 했었다.

"군자우… 그대는 이제 경거망동하지 마시오. 모든 일이 끝났을 때 그나마 목숨이라도 부지하려면 말이오."

오죽노가 서늘한 목소리로 경고했다. 다른 때와 다른 그의 표정과 눈초리에 군자우가 반발을 하려다 말고 입을 닫았다.

그러자 오죽노가 차가운 목소리로 중인을 향해 경고했다.

"모두 잘 들으시오. 이 지하 광장에서 나가는 길은 모두 막혔소. 오직 한 곳 내가 들어온 길을 빼고는 말이오. 더불어, 육혈봉 역시 폐쇄되었소. 만 근의 염초가 산을 밀고 계곡을 무너뜨려 육혈봉을 세상에서 고립시킨 것이오. 이곳은 이제 온전한 나의 세계, 그러니… 이제부턴 모두 내 뜻에 따라줘야겠소."

"단지 길을 막았다고 우릴 통제할 수 있을 거라 보시오? 후미에 대기하고 있던 본 맹의 고수들이 곧 육혈봉으로 달려올 것이오."

정명선사가 오죽노에게 경고했다.

"하하하. 선사, 그 걱정은 마십시오. 나의 충실한 수하들인 좌익과 우익이 각기 동서를 나눠 구천맹과 마천의 고수들을 상대할 것이오. 물론 그들 역시 염초의 도움을 받고 있을 테니 현명하신 여러분이라면 싸움의 승패는 능히 짐작하실 것이오."

"음……."

오죽노의 말에 정명선사가 침음성을 흘린다. 그만큼 오죽노를 잘 아는 사람도 없을 것이다. 오죽노가 그러하다면 그 일은 반드시 일어나고야 만다.

"그래서 오죽노께서 원하시는 것은 무엇이오?"

"이미 말씀드리지 않았소이까? 무림맹을 만들겠다고."

"이 산 밖에서의 일을 묻는 게 아니오. 지금 이 자리에서의 일을 묻는 것이오."

정명선사가 차갑게 물었다.

그는 애초에 오죽노에 대해 약간의 미안한 감정을 가지고 있었다. 구천맹에서 오죽노가 물러난 것이 구파 수장들의 아집 때문이라 생각하고 있었기 때문이다.

그러나 오늘 이렇게 오죽노가 거대한 함정을 준비한 것을 보고는 그에 대한 구파 수장들의 경계심이 결코 과한 것이 아니었다는 것을 깨닫게 되었다.

그리고 그간 자신이 신뢰했던 오죽노에 대한 실망과 분노가 다른 사람보다 더 강하게 치솟고 있었다.

"모두 스스로 혈도를 제압하고 내 지시에 따라주시오."

"저… 저런!"

"상종 못할 자로다!"

곳곳에서 오죽노를 비난하는 목소리가 들린다. 그러면서도 누구 하나 앞으로 나서 오죽노에게 대항하는 자는 없었다.

"무공을 폐하라는 말이오?"

정명선사가 다시 물었다.

"그렇게까지야 하겠습니까? 단지 천하가 안정될 때까지 여러분을 모시겠다는 뜻이지요."

"음… 결국 스스로 포로가 되란 말이구려."

"손님이라고 해두지요."

오죽노가 빙그레 미소를 지었다.

"후후… 이자가 정말 하늘 높은 줄 모르는구나."

문득 검마 황조가 앞으로 나섰다.

"검마께선 내 제안에 따르지 않겠다는 것이오?"

"길이 있는데 굳이 그대의 말을 따를 필요가 있을까?"

"길은 없소!"

오죽노가 단호하게 말했다.

"아니, 길은 있다."

"……?"

오죽노가 검마 황조의 말을 알아듣지 못하겠다는 듯 침묵으로 그를 바라봤다.

순간 검마 황조의 허리춤에서 검이 빠져나왔다. 동시에 섬전 같은 검기가 오죽노를 향해 날아갔다.

그야말로 전광석화, 검마라는 이름에 어울리는 검법이다. 그런데 그 순간 중인을 경악 속에 빠뜨리는 일이 벌어졌다.

그 누구도 피할 수 없는 속도와 힘을 가진 검마의 검기가 오죽노 앞에서 산산조각 나버렸기 때문이다.

콰앙!

검마의 검기가 빛 덩어리들로 화해 사방으로 흩어졌다.

쿠쿠쿵!

검기의 파편들이 만들어낸 충격으로 지하 광장의 벽과 천장에서 돌무더기들이 떨어져 내렸다. 곧이라도 지하 광장이 무너져 내릴 것 같은 기세였다.

그 와중에도 검마는 검을 멈추지 않았다.

"과연 믿는 수가 있었구나. 그런 무공을 감추고 있으니 이런 함정을 팠겠지. 그러나 그뿐이다. 강호에선 힘이 모든 것을 지배하니까. 다시 한 번 내 검을 받아보라!"

검마 황조가 노성을 터뜨리며 오죽노를 향해 날아들었다. 그러자 오죽노 곁에서 그의 수하들이 검마를 막으려는 것을 문득 오죽노가 앞으로 나서며 먼저 움직였다.

"내게 맡겨라!"

수하들이 미처 만류할 사이도 없이 오죽노가 검을 들고 검마를 향해 뛰쳐나갔다.

콰앙!

다시금 천둥 같은 폭발이 일어났다. 오죽노의 검과 검마의 검이 허공에서 격렬하게 충돌했다.

지하 광장의 천장에서 우수수 부산물들이 떨어져 내렸다. 그러나 중인 중에 그런 소란에 신경 쓰는 이는 거의 없었다.

무인들에게는 절대 고수들의 무공 대결이 광장이 무너지는 것보다 더 중요하기 때문이었다.

차앙차앙!

검마 황조와 오죽노 혜간의 검이 어느 순간부터 맑은 소리를 내기 시작했다. 두 사람이 마치 공력을 쓰지 않고 비무를 하는 것 같은 모습을 만들어냈다.

이런 대결은 극도의 경지에 오른 자들만이 할 수 있는 대결이란 것을 장내의 고수들은 모두 알고 있었다.

실제로 두 사람의 검초에는 공력이 거의 깃들지 않았다. 그저 검을 지탱해 주는 정도일 뿐이었다. 이런 경우 대체로 검법의 오묘한 차이가 승부를 내는데 이들의 경우는 또 달랐다.

어느 순간 누군가의 검법이 흐트러지는 순간 그들은 다시 무시무시한 공력을 끌어 올릴 것이다.

검법이 무너진 자는 그 불리함을 이겨내기 위해, 상대는 그 허점을 찌르기 위해 그들은 다시 절대의 공력을 사용하게 될 터였다.

보통 무림의 고수들이 하루밤낮 혹은 수천 초를 싸웠다는 전설적인 이야기가 전해지는 경우는 대부분 이런 식의 싸움이기에 가능한 것이다. 공력을 최대한 아끼면서 또한 결국에는 공력의 무서움이 승패를 결정하는 싸움인 것이다.

차차창!

어지러운 검의 충돌음과 검광의 번뜩임, 그사이에 날카로운 살기들이 교차한다.

검마 황조의 얼굴이 딱딱하게 굳어지고 있었다. 적어도 검술에 관한한 천하에 그 적수가 없다고 자부하던 검마 황조다. 그런데 일개 책사로 알려졌던 오죽노의 검술이 외려 그를 능가하고 있었다.

검술의 최고봉이라는 명예가 침범받는 것은 또 괜찮다. 그러나 이 싸움에서 패하는 것은 심각한 문제였다. 이곳에서 그의 야망과 삶이 끝날 수도 있기 때문이었다.

그런데 그런 황조를 더욱 당황시키는 일이 벌어졌다. 한순간 오죽노의 눈에 기이한 빛이 서리기 시작한 것이다.

그것은 푸른빛 같기도 하고 자색 같기도 했으며, 간혹 붉은 염기를 머금기도 했다.

그리고 그 눈빛을 볼 때마다 황조는 자신의 검이 자신의 것이 아닌 것처럼 예상치 못한 방향으로 움직이려는 것을 느꼈다. 그럴 때마다 황조는 슬쩍 슬쩍 공력을 끌어 올려 검을 통제했는데, 그런 진기의 운용이 그에게 허점을 만들어내기 시작했다.

그리고 오죽노는 그런 검마 황조의 허점을 결코 용서하지 않았다.

팟!

한순간 오죽노의 검이 검마 황조의 심장을 노렸다. 검마 황조가 유려한 검로를 통해 오죽노의 검을 막아냈다.

순간 오죽노가 변초를 하며 검을 틀어 검마 황조의 목젖을 파고들었다.

검마 황조 역시 미리 손발을 맞춘 것처럼 검을 움직여 목을 보호했다. 그러면서 검과 검이 두 사람 사이에서 날카롭게 충돌했다.

창!

맑은 검음이 사방으로 퍼져 나갔다.

순간 검마 황조와 오죽노의 시선이 허공에서 교차했다. 그때 검마 황조는 오죽노의 미소를 볼 수 있었다.

"끝났소."

오죽노의 말이 나직하게 들렸다. 그리고 다음 순간 오죽노의 눈에서 자색의 안광이 흘러나왔다.

검마 황조가 급히 몸을 뒤로 물려 오죽노의 안광을 피하려는 순간 당황스럽게도 그의 발이 순간적으로 말을 듣지 않았다.

그리고 그 순간 오죽노 검이 검마 황조의 검을 타고 넘어와 그의 어깨를 찔러 버렸다.

퍽!

진기가 한 올도 깃들지 않은 오죽노의 검이 검마 황조의 어깨에 깊게 박혔다.

"헉!"

검마 황조가 마치 자신의 모든 진기가 빠져나가는 듯한 느낌에 기겁을 하며 온 힘을 다해 오죽노의 검을 뿌리쳤다.

파앗!

오죽노의 검이 빠지면서 그 상처를 통해 붉은 피가 솟구쳤다.

"검마!"

마불 구르간이 바람처럼 달려 나와 검마 황조를 부축했다. 검마 황조는 그 한순간에 십 년은 더 늙어 보였다.

"으음……."

검마 황조가 나직한 신음성을 흘려낸다. 단지 어깨에 검을 찔린 것치고는 지나치게 과한 반응이다. 더군다나 검마 황조와 같은 고수라면 더더욱 그러했다.

"이게… 무슨 무공인가?"

검마 황조가 애써 신형을 바로 세우며 오죽노에게 물었다. 그러자 오죽노가 대답했다.

"파혼공!"

"파혼공?"

"그렇소. 뇌마 혜불각의 파혼공이오!"

오죽노가 도도한 표정으로 말했다. 순간 장내가 술렁였다.

뇌마 혜불각의 파혼공, 전설의 무공이다. 육혈무성의 시대를 장식했던 여섯 명의 절대자 중 한 명이 바로 뇌마 혜불각이다.

당시 강한 개성을 지니고 있던 육혈무성을 하나로 묶은 뛰어난 지략가이기도 했던 혜불각은, 간혹 사람들에게 육혈무성 시대의 진정한 지배자로 불리기도 했었다.

그런 혜불각의 파혼공이다.

사람들은 자신들이 육혈무성의 유물을 찾아 이 한록산에 왔으면서도 실제로 나타난 육혈무성의 무공에 전율했다.

"그게 정말인가?"

검마가 다시 물었다.

"그렇소. 아니라면 과연 누가 있어 검마의 검을 꺾을 수 있겠소. 난 그대를 꺾기 위해 뇌마 혜불각의 파혼공과 검성 감우량의 자하검을 함께 썼소."

"아아!"

"자하검!"

사람들의 입에서 장탄식이 흘러나왔다. 연이어 흘러나오는 육혈무성의 무공에 사람들은 정신을 차리지 못할 지경이었다.

"그대는… 그대는 이미 육혈무성의 무공을 얻었군."

"그렇소."

오죽노가 부인하지 않았다.

"그럼 왜 그동안 그 무공을 드러내지 않은 것인가? 육혈무성의 무공이라면 이미 천하의 권력을 잡았어야 하거늘……."

패배도 잊고 검마 황조가 물었다.

"시간이 필요했소."

"시간?"

"그렇소. 육혈무성의 힘을 나의 것으로 만들 시간 말이오."

그러자 문득 혼마 상묘운이 앞으로 나서며 말했다.

"그 말은 그대가 육혈무성의 무공을 얻은 것이 그리 오래된 일이 아니란 뜻이구려."

"사실 얼마 되지 않았소."

"언제였소? 그대가 육혈무성의 무공을 얻은 것이?"

상묘운이 물었다. 그러자 오죽노가 빙그레 미소를 지으며 말했다.

"혼마께선 괜한 기대를 하지 마시오. 이미 육혈무성의 무공은 온전히 나의 힘이 되었소. 그리고 그 무공들을 나눠 수련한 나의 제자가 지금 육혈봉 아래에서 마천과 구천맹의 후군을 상대로 싸우고 있을 것이오. 사실 승부는 이미 난 것이지. 수장들이 모두 이곳에 있으니 남은 자들이 육혈무성의 무공을 수련한 내 제자들을 어찌 감당하겠소?"

오죽노의 말에 중인의 얼굴에 절망이 떠올랐다.

그의 말이 사실이라면 이런 함정을 준비하지 않아도 강호는 오죽노의 손에 들어갈 것이다. 하물며 완벽한 함정을 준비한 지금에서야 속수무책, 그의 뜻대로 만사가 이뤄질 수밖에 없었다.

"구천맹에 들어올 때부터 육혈무성의 무공을 지니고 있었던 것이오?"

이번에는 정명선사가 물었다.

"그렇소. 나에게는 또 다른 신분이 하나 있소. 바로 과거 육혈무성의 시대를 여셨던 뇌마 혜불각이 바로 나의 선조시오!"

"아… 과연!"

사람들이 이제 모든 것이 이해가 간다는 듯 탄식을 흘렸다.

"육혈무성의 후예가 오늘날까지 존재하리라고는 생각지 못했거늘. 그렇다면 왜 지난 세월 침묵하고 있었던 거요?"

정명선사가 물었다.

그런데 오죽노가 정명선사의 질문에 대답을 하려는 순간 중인 사이에서 누군가의 목소리가 들려왔다.

"그건 그가 뇌마 혜불각의 후손이기는 해도 그에게 육혈무성의 무공이 없었기 때문이오. 그는… 육혈무성의 무공을 얻기 위해 독하게도 한 가문을 세상에서 멸절시키려고 했소. 마천과 구천맹의 힘을 빌어서 말이지요."

갑작스런 불청객의 등장에 놀란 사람들이 그 주인을 찾아 시선을 돌렸다.

그러자 사람들의 눈에 검은 무복을 입은 초로의 노인이 형형한 눈빛을 뿌리며 오죽노를 응시하고 있는 것이 보였다.

유령문의 동왕 귀보전이다.

제7장

혼돈

"그대는……?"

동왕 귀보전을 알아보는 사람이 있었다. 물론 그가 지금까지와 다르게 변용과 변복을 풀고 본래의 모습을 드러냈기 때문에 가능한 일이었다.

"오랜만이오, 혼마!"

"그대가… 살아 있었소?"

"다행히 그 모든 배신 속에서도 살아남을 수 있었소."

"과연 귀 노사요. 유령문이 부활했다는 소식을 듣고 귀 노사의 안부가 궁금했었소이다."

과거 유령문이 마천과 교류할 때 귀보전과 혼마 상묘운은 여러 번 만났었다. 유령마군 야유사군이 마천과의 연락을 귀보전에게 맡겼었기 때문이었다.

물론 당시의 귀보전은 지금보다 훨씬 젊었었다.

그런데 상묘운의 입에서 유령문이란 소리가 흘러나오자 장내의 사람들이 새삼스런 눈으로 귀보전을 살폈다.

강호에 널리 알려지지 않은 유령문이지만, 그 존재를 아는 사람들은 누구나 유령문을 두려워했다.

그리고 그들이 나타나면 항상 변수가 만들어지고, 강호의 대사 곳곳에 그들의 흔적이 남는다는 것 역시 대부분의 사람이 알고 있었다.

"역시… 유령문에서 왔군. 그런데 그대만 왔는가?"

오죽노 역시 귀보전을 알고 있다.

장내의 인물 중 유령문에 대해 가장 잘 알고 있는 사람이 바로 오죽노라고 할 수 있었다.

"오랜만이오, 오죽노!"

"후후후, 많이 컸군. 귀보전!"

오죽노는 귀보전이 자신을 대하는 태도가 마음에 들지 않는 모양이었다.

과거 오죽노가 유령문과 밀접한 관계를 맺고 있을 때 귀보전은 아직 동왕이 아니었다. 그러니 오죽노의 눈에 귀보전이 대단해 보일 리 없었다.

"물론 그대를 상대할 만큼은 되었지."

귀보전이 빙그레 미소를 지으며 말했다. 그런데 그때 백문의 문주 군자우가 불쑥 두 사람의 대화에 끼어들었다.

"그가 육혈무성의 무공을 얻기 위해 한 가문을 멸절시켰다는 것은 무슨 말이오?"

하긴 지금 장내의 인물들에게 중요한 것은 유령문의 등장이 아니었다. 귀보전의 입에서 흘러나온 육혈무성의 무공에 얽힌 오죽노의 과거가 더 중요했다.

"그가 과거 육혈무성 중 한 명인 뇌마 혜불각의 후손인 것은 맞소. 그러나 그에게는 선조의 무공이 없었소. 왜냐하면 육혈무성의 무공들은 우리 유령문에서 보관하고 있었기 때문이오."

"아!"

"어떻게……?"

사람들 사이에서 놀란 음성들이 흘러나왔다.

유령문이 세상에 가려진 무서운 문파라는 것은 알고 있었지만 그들이 육혈무성의 무공을 가지고 있었을 거라고는 누구도 생각지 못했던 것이다.

"오죽노가 본 문을 배신하고 마곡산을 불태운 것은 사실 천하를 위한 것이 아니라 그 자신이 욕심을 채우기 위해서였소. 그는 그 불길 속에서 육혈무성의 무공을 탈취했던 것이오."

"음… 그런……."

사람들 사이에서 나직한 침음성이 흐른다. 그리고 그들의 시선이 다시 오죽노에게로 향했다.

그들의 눈에 야망에 물든 한 노인이 보였다. 구천맹의 총군사이던 시절과 달리 아집과 독선으로 똘똘 뭉친 모습니다.

"귀 노사의 말이 사실이오?"

군자우가 물었다. 그러자 오죽노가 고개를 저으며 대답했다.

"그의 말은 반은 맞고 반은 틀렸소. 내가 유령문의 마곡산을 불태운 이유가 육혈무성의 무공 때문이란 것은 맞소. 그러나 그 물건들을 탈취했다는 것은 틀린 말이지. 난 내 선조의 유물을 되찾았을 뿐이오. 애초에 그 물건들을 쥐새끼처럼 훔쳐낸 것은 바로 유령문이었소. 아니면 어떻게 육혈무성의 무공을 그들이 가지고 있었겠소."

오죽노의 말에 사람들은 그제야 중요한 사실을 간과했다는 것을 깨달았다. 과연 유령문은 어떻게 육혈무성의 무공을 가지고 있었던 것일까.

"육혈무성의 무공이 왜 유령문에 있었던 것이오?"

혼마 상묘운이 귀보전에게 물었다. 그러자 귀보전이 진중한 음성으로 대답했다.

"그 이유는 육혈무성의 시대를 끝낸 사람들이 바로 우리 유령문의 선조이기 때문이오."

귀보전의 말에 사람들이 믿을 수 없다는 표정을 지었다.

"지금 그 말을 믿으라는 거요?"

백문의 문주 군자우가 조롱이 가득한 표정으로 물었다.

아무리 유령문이 대단해도 그저 어둠 속에서 특이한 무공을 익혀 그 재주로 살아가는 사람들일 뿐이라는 것이 그의 생각이었다.

"그 대답은 내가 아니라 그에게 들으시오."

귀보전이 눈으로 오죽노를 가리켰다. 그러자 사람들의 시선이 다시 오죽노에게로 향했다.

오죽노가 육혈무성의 후예라면 수백 년 전 육혈무성이 어느 날 갑자기 강호에서 사라진 일의 내막을 알고 있을 것이기 때문이었다.

사람들의 시선이 자신에게로 쏠리자 오죽노가 잠시 침묵을 지키다가 대답했다.

"그의 말이 맞소."

"아……!"

"어떻게 그런 일이……?"

오죽노가 시인한 순간 귀보전의 말은 모두 사실이 되었다. 그리고 그의 말이 사실이라면 유령문은 사람들이 알고 있는 것보다 훨씬 무서운 존재라는 뜻이다.

"그러나… 그들은 정명한 방법으로 육혈무성을 공격한 것이 아니오. 치졸한 암습을 통해 육혈무성을, 아니, 자신들의 주인을 공격한 것이오."

"그 말은 유령문의 선조들이 육혈무성의 수하들이었단 거요?"

"수하란 말도 과분한 자들이었소. 그들은 육혈무성의 무노(武奴)였소."

오죽노의 얼굴에 차가운 노기가 서린다.

그의 말과 그의 시선을 따라 사람들이 다시 귀보전을 바라봤다. 그러나 귀보전은 여전히 담담했다.

"본 문의 선조들이 육혈무성의 무노였다는 것은 사실이오."

"음……."

"그렇다면……."

장내에 모인 고수들은 모두 명문의 사람이거나 혹은 마천의 고수다. 이들의 가문에도 무노라 불리는 자들이 존재한다. 그리고 그들에 대한 대우는 과거 육혈무성이 유령문의 선조들을 대하던 것과 다를 바가 없었다.

한순간 장내의 고수들 얼굴에 멸시의 기운이 돌았다. 주인을 배신한 노예들, 그리고 그 후손이라면 그들과 함께 대면하는 것조차 스스로의 명예를 더럽히는 것이라 느끼는 것이다.

"그러니 애초에… 난 나의 것을 찾은 것이고, 마곡산의 혈사는 주인을 배신한 노예의 후손들에게 합당한 벌이었소."

기이한 일이다. 오늘 사람들을 함정에 끌어들인 사람이 오죽노다.

그런데 과거의 이야기를 꺼내자 사람들은 유령문보다는 오죽노 쪽으로 마음이 기울고 있었다.

어둠 속에서 사람들의 변화를 지켜보고 있던 궁비영의 입에서 욕지거리가 튀어나오려 했다.

이 아집덩어리의 사람들을 구해줄 가치가 있을까 하는 생각조차 들었다.

그런데 그때였다. 사람들의 차가워진 시선을 느낀 귀보전이 나직하면서도 강렬한 음성을 흘렸다.

"당시… 여기 있는 모든 사람의 선조들 역시 육혈무성의 무노였소. 그걸 부인할 사람이 있소? 그리고… 지금 오죽노는 다시 그대들을 자신의 노예로 만들려고 하고 있소. 묻겠소! 그대들은 다시 육혈무성의 노예가 되겠소? 아니면… 그대들이 멸시하는 우리 유령문의 도움을 받아 이 함정에서 벗어나겠소?"

귀보전의 질문에 중인이 퍼뜩 자신들의 처지를 깨달았다. 주인을 배신한 무노란 말에 잠시 현실을 잊었지만 귀보전의 말이야말로 그들에게 당면한 현실이었다.

육혈무성의 시대에 그들의 노예가 아니었다고 자처할 수 있는 문파가 누가 있겠는가.

"그 말은 유령문에게는 오늘 그가 판 이 함정을 파훼할 방도가 있다는 말이오?"

소림의 정명선사다. 역시 깊은 수행으로 인해 평정심을 지키고 있었던 것이다.

"우린 나가지 못할 곳이라면 들어오지도 않소이다."

귀보전의 대답에 사람들 눈에 생기가 돈다. 길이 있다면 굳이 오죽노의 손에 놀아날 이유가 없고, 그를 두려워할 필요도 없다.

"무엇이오? 그 길이!"

정명선사가 급히 물었다. 그러자 귀보전이 대답했다.

"온 곳으로 나가면 되오."

"… 그게 무슨 소리요?"

정명선사조차도 이때만큼은 화를 냈다. 그도 그럴 것이 그들이 들어온 길은 오죽노가 터뜨린 염초로 인해 모두 막혔기 때문이었다.

"하하하! 그대들이 알아야 할 것 있소. 유령문의 종자는 태생부터가 간교한 자들이오. 그들이 간교한 술책을 쓰지 않았다면 어찌 그 옛날 육혈무성을 암습할 수 있었겠소. 그러니 여러분은 조심해야 할 거요. 그 간교한 수작에 넘어가지 않도록 말이오. 난 그리 많은 시간을 줄 수 없소. 자, 내 요구를 따를 사람은 내 쪽으로 오시오."

오죽노 혜간이 도도한 음성으로 말했다. 그가 아는 이상 이 광장에서 벗어날 길은 오직 하나 자신이 들어온 길밖에 없었다.

오죽노의 재촉에 중인이 다시 당황하기 시작했다. 길이 있다는 사람과 길이 없다는 사람. 그 사이에서 중인들은 자신의 행보를 결정하지 못하고 있었다.

그때 백문의 군자우가 나며 귀보전에게 추궁하듯 말했다.

"길이 있다면 지금 여시오."

군자우의 말투가 마치 수하에게 명령을 하는 듯하다.

"길을 여는 데는 시간이 조금 필요하오."

"시간?"

"그렇소."

귀보전의 대답에 군자우가 한줄기 냉소를 날리며 말했다.

"흥, 이제 보니 정말 술책을 부리려는 모양이군. 길이 있다면 어찌 지금 당장 열지 못할까? 역시 출신은 어쩔 수가 없군."

순간 귀보전의 눈에서 차가운 살기가 흘러나왔다.

"당신에게 우릴 믿거나 혹은 기다려 달라고 말한 적 없소. 그러니 당신은 당신대로 선택을 하면 되오. 보아하니 그대의 그릇으로는 스스로 자존심을 지키며 살아가긴 어려울 것 같고, 얼른 스스로 혈도를 폐쇄하고 오죽노에게 무릎을 꿇으시오. 당신 말대로 길이 없다면 그것이 당신을 위한 최선의 길 아니오?"

귀보전의 조롱에 군자우의 얼굴이 붉게 달아올랐다.

"감히… 너 따위가?"

"그런 나조차도 오죽노의 개가 되는 것은 거부하지. 그런데 당신은 스스로 그의 개가 되려 하는군. 보고도 믿을 수 없을 정도야. 당신 같은 자가 백문의 수장이라니……."

귀보전의 조롱이 한결 강해졌다.

창!

"놈!"

군자우가 검을 뽑으며 노성을 토했다. 그러자 귀보전이 군자우를 노려보며 중얼거렸다.

"이제 보니 내가 생각을 잘못한 모양이군. 당신은 혹시 이미 그의 개가 되어 있었던 것인가? 아니라면 길이 있다는 데도 불구하고 마치 길이 없는 것처럼 사람들을 선동할 이유가 없지. 이곳에 모인 사람들은 모두 강호의 절대고수, 죽을지언정 굽히지 않는 기개가 있는 사람들이지. 구천맹이나 마천 양쪽 모두 말이야. 그런데… 그대는 줄곧 굽히자는 말만 하는군. 정말 애초부터 오죽노의 개였나?"

차가운 귀보전의 추궁에 군자우의 얼굴에 당황한 기색이 서렸다. 그를 향해 날아드는 의심의 눈초리들을 본능적으로 깨달은 군자우가 재빨리 주위를 돌아봤다.

마천의 마두들은 물론 구천맹의 고수들까지 그를 응시하고 있었다. 그 시선 속에는 경멸과 의심이 기운이 함께 깃들어 있다.

"무, 무슨 소리를 하는 것이냐? 간교한 말로 날 모욕하다니, 죽고 싶은 게로구나!"

군자우가 검을 들어 귀보전을 칠 듯하며 소리쳤다. 그때 갑자기 정명선사가 군자우를 막았다.

"백 문주께서는 참으시오."

"내가 어찌 이런 모욕을 받고 참는단 말이오. 내 저자를 반드시 죽이겠소."

말리는 사람이 있자 군자우가 더욱 화를 내기 시작했다.

그때였다. 마천의 혼마 상묘운이 싸늘한 목소리로 입을 열었다.

"흥, 길을 알고 있다는 사람을 죽이려 하다니, 정말 그대는 그의 말대로 처음부터 오죽노의 개였던가?"

상묘운의 말에 군자우가 당황한 표정을 짓는다.

사실 그는 오죽노와 아무런 사이도 아니었다. 아니, 외려 오죽노가 구천맹에 머물 때 그를 가장 경계했던 사람이었다.

그런데 이상하게 상황이 그를 오죽노의 사람으로 만들어가고 있었다. 물론 이 모든 것은 귀보전의 노련한 말솜씨의 결과였다.

"그만들 하시오. 백 문주께서 그와 상관없다는 건 이 사람이 보증하오. 그러니 괜한 분란 만들 것 없소."

정명선사가 일이 묘하게 돌아가는 것을 깨닫고는 얼른 사람들을 진정시켰다. 그러고는 귀보전을 보며 말했다.

"귀 노사, 정녕 길이 있다면 지금 보여주시오. 지금이 아니라면… 설혹 길이 있다 해도 늦을 것이오."

정명선사의 말은 사실이었다. 시간이 흐르면 귀보전의 말은 신뢰를 잃을 것이다.

귀보전이 뒤를 돌아봤다. 그의 눈에도 얼핏 초조한 기색이 담겨 있었다. 그런데 뒤를 돌아본 귀보전의 얼굴이 금세 밝아졌다.

한 사내가 귀보전에게 작은 쥐 한 마리를 들어 보였던 것이다. 여전히 얼굴을 가리고 있는 궁비영이다.

"좋소! 이제 여러분께 길을 보여줄 수 있게 되었소."

"그게 정말이오?"

정명선사가 물었다.

"그렇소이다."

"그럼 당장 길을 열어주시오!"

"그전에… 두 가지 조건이 있소."

"설마 이 상황에 흥정을 하자는 거요? 유령문도 그와 마찬가지로 강호의 권력을 탐하는 거요?"

정명선사가 멀찍이 떨어져 여전히 여유 있는 표정을 짓고 이는 오죽노를 가리키며 물었다.

"본 문은 결코 강호의 권력을 탐하지 않소. 그건… 선사께서 더 잘 아실 것 아니오?"

"그럼 원하는 바가 무엇이오?"

정명이 물었다. 그러자 귀보전이 정색을 하며 대답했다.

"하나는 오늘 이후 구천맹이든 마천이든 본 문에 대한 어떤 도발도 하지 말 것. 둘째, 이곳을 나가면 강호의 은원은 뒤로 미뤄두고, 가장 먼저 반드시 그를 제거할 것! 이것이 바로 본 문의 조건이오!"

귀보전의 손이 오죽노를 가리키고 있었다.

"그야 물론 우리가 당연히 해야 할 일이지!"

한쪽에서 마불 구르간이 중얼거렸다.

"어렵지 않은 일이오. 구천맹도 동의하오!"

정명선사가 대답했다.

그러자 지금껏 침묵을 지키고 있던 오죽노가 갑자기 박수를 치며 소리쳤다.

짝짝짝!

"하하 정말 대단한 일이군. 그토록 치열하게 싸우던 구천맹과 마천이 오늘 이곳에서 이렇게 사이좋게 화합을 하다니."

"모두 그대의 덕 아니겠소?"

혼마 상묘운의 대꾸했다.

"후후, 좋아. 살길을 버리고 죽을 길을 찾는다면 나도 더 이상 미련이 없다. 사실 그대들을 여기서 모두 죽이는 것이 외려 좋을지도 모르지. 새 술은 새 부대에 담으라고, 내가 여는 새 세상에는 새로운 사람이 필요하니까. 자, 귀보전! 이제 길을 열어보라!"

오죽노가 귀보전을 보며 도도하게 말했다. 그는 절대 귀보전이 길을 열 수 없다고 확신하는 듯 보였다.

"오죽노! 그대는 오늘 알게 될 것이다. 그리고 같이 경험하게 될 것이다. 그 옛날 고금절후의 무인들이라던 육혈무성이 어째서 검은 별들에 의해 꺾이게 되었는지 말이야. 기대해도 좋아."

귀보전의 서늘한 시선으로 오죽노를 노려봤다. 그리고 그 순간 천지를 뒤흔드는 진동이 일어났다.

꽈릉!

쿠르릉!

육혈봉이 무너지는 것 같았다. 광장의 천장에서 무수한 돌가루들이 떨어져 내렸다.

개중에는 사람 머리만 한 돌덩이가 떨어진 곳도 있었다.

"이, 이것이 무슨 일이오?"

정명선사가 급히 귀보전에게 물었다. 그러자 귀보전이 큰 목소리로 소리쳤다.

"막혔던 길은 다시 뚫렸소. 모두 나가시오. 나가서 오죽노가 준비한 모든 것을 파괴하시오. 그리고 약속대로 그를 제거하시오. 저기! 그가 있소!"

귀보전이 오죽노를 가리켰다.

순간 오죽노의 얼굴이 당혹감으로 물들었다. 귀보전의 말은 사실이었다. 비동의 입구를 막고 있던 석문들은 자취를 감췄다. 여러 갈래의 비동이 입을 열고 사람들을 부르고 있었다.

동굴을 막았던 거대한 석문들은 강력한 염초의 폭발로 산산이 부서져 흩어졌던 것이다.

"이… 이것이 대체?"

당황한 오죽노의 시선이 귀보전으로 향했다. 그러자 귀보전이 군중 사이로 모습을 감추며 대답했다.

"오죽노 그대가 모아 온 염초들이 그대의 함정을 깨뜨리는데 쓰일 줄은 몰랐을 것이다. 염초를 잃은 그대가 이제 과연 무엇을 할 수 있을까?"

그 말을 끝으로 귀보전은 사라졌다.

"유령… 사!"

천하에 이런 일을 할 수 있는 자들은 유령문의 유령사들밖에 없다.

"그러나 어떻게?"

오죽노가 당혹스런 표정으로 중얼거렸다.

비록 유령사들이 은밀히 육혈봉에 들어왔다 해도 그들이 어떻게 한록산과 육혈봉 곳곳에 은밀히 배치해 둔 염초들을 찾아내 이곳에서 출구를 만드는 데 쓸 수 있었단 말인가.

그 짧은 시간에 염초들을 찾아내는 것은 비록 유령사들이라

해도 불가능한 일이다.

"대인, 물러나야 할 것 같습니다!"

홀로 중얼거리는 오죽노 옆으로 다가온 자부문주 공륭이 급히 말했다. 오죽노가 정신을 차리고 보니 구천맹과 마천의 고수들이 그를 향해 다가오고 있었다.

길이 뚫리니 상실했던 전의도 되살아난 모양이었다.

"아니, 오늘 이들에게 육혈무성의 무서움을 보여주겠소. 염초를 잃었다 한들 이들을 상대하는 것이 불가능한 일은 아니지. 물론 약간의 손해를 입어야 하지만……."

오죽노가 검을 빼 들었다. 그러자 그의 오랜 가신 백로가 다가와 말했다.

"기왕에 싸우실 거라면 육혈봉 위로 올라가 싸우시는 것이 좋을 듯합니다. 좌익과 우익을 부르시지요. 산 아래 사정이야 어찌 되었든 산 위의 승부가 중요합니다. 퇴로를 생각해서라도……."

"음… 그렇군. 나가서 상대한다!"

오죽노의 판단은 빨랐다.

그리고 결정을 내리는 순간 그는 이미 장내에서 모습을 감췄다.

그러자 그의 수하들 역시 순식간에 사라졌다.

"흐흐흐, 저자가 겁을 집어먹었군그래. 하지만… 오늘이 네 놈의 마지막 날이다!"

독아 구가겸이 살소를 흘리며 신형을 날렸다. 그러자 장내의 고수들이 일제히 오죽노를 추격하기 위해 신형을 날렸다.

순식간에 지하 광장이 텅 비었다. 모든 사람이 사라진 자리에 궁비영과 귀보전만이 남아 있었다.

"이로써 그는 재기불능이 되었습니다."

귀보전이 말했다.

"모르는 일이지요. 그는 육혈무성의 무공을 얻었습니다."

궁비영이 신중하게 말했다. 그러자 귀보전이 잠시 생각에 잠겼다가 고개를 끄떡였다.

"그렇군요. 과거 육혈무성의 시대에도 그들의 수하는 그리 많지 않았지요. 오직 자신들의 압도적인 무공으로 무림을 얻었지요."

"그래서 우리의 도움이 여전히 필요할 겁니다."

궁비영이 천천히 걸음을 옮기며 말했다.

*　　*　　*

지하 광장에서 벗어났을 때 천하인들이 처음으로 마주한 것은 또 다른 벽이었다.

육혈봉에 서 있는 고색창연한 대전을 감싸고 있는 거대한 벽이 그들을 다시 한 번 우리 속에 가둔 것이었다.

벽은 자연적으로 만들어진 절벽과 사람의 손을 만든 담장처럼 이어져 있었는데 성벽이라 불러도 이상하지 않았다. 그리고 그 성벽 위에 언제 몰려왔는지 오죽노의 수하들이 빼곡하게 들어차 있었다.

그러나 그렇다고 상황이 오죽노에게 다시 유리해진 것은 아니었다. 성벽 위를 지키는 오죽노의 수하들은 안과 밖으로 적을 맞고 있었기 때문이었다.

지하 광장에서의 일이 실패하자 오죽노는 급히 한록산 동서면에 나가 마천과 구천맹의 후군을 상대하던 좌익과 우익의 고수들을 불러 모았다.

좌우익이 후퇴하자 마천과 구천맹의 고수들은 즉시 육혈봉으로 몰려들었다.

덕분에 비록 오죽노의 수하들이 성벽을 장악하고 있다고는 해도 갇힌 것이 천하의 고수들인지, 혹은 육혈봉으로 후퇴한 오죽노와 그의 수하들인지 알 수 없는 상황이 되어버렸다.

싸움은 즉시 일어나지 않았다. 지하 광장을 벗어난 천하의 고수들은 쉽게 오죽노를 공격하지 않았다.

이유는 두 가지, 오죽노가 육혈무성의 무공을 지니고 있는 절대고수이기 때문이기도 하거니와 싸움에 먼저 나서 손해를 보고 싶지 않기 때문이었다.

덕분에 오죽노도 차분하게 현재의 상황을 점검하고 그에 대비할 시간을 가질 수 있었다.

지략가에게 이런 시간이란 무척 소중한 것이다. 오죽노는 이미 수하들을 움직여 내외의 적을 상대할 단단한 진용을 갖추고 있었고, 시간이 지날수록 그 진용은 점점 더 공고해지고 있었던 것이다.

하물며 한록산 육혈봉은 오죽노의 땅. 지형의 이로움을 누구보다 잘 이용할 수 있는 자가 오죽노였다.

그렇게 자신의 의도대로 싸울 준비를 마치자 오죽노가 다시 자신감을 갖고 구천맹와 마천의 고수들을 상대하기 시작했다.

"선사를 뵙고자 하오!"

수하들을 단단하게 정비한 오죽노가 대전 앞에 홀연히 모습을 드러냈다.

그러자 구천맹의 수장들과 마천의 고수들이 일제히 그가 나타난 곳으로 다가갔다.

"오죽노! 하늘의 뜻은 아마도 그대에게 있지 않은 듯하오. 이쯤에서 그만 뜻을 거두시오."

정명선사가 오죽노를 보며 말했다. 그러자 오죽노가 빙그레 미소를 지으며 대답했다.

"이 싸움은 아직 끝나지 않았소이다. 외려 이제 시작이라고 할 수 있소."

"그대가 준비한 계책은 이미 틀어지지 않았소? 그런데 다시 무엇으로 천하인들을 상대하겠다는 거요?"

"후후후, 애초에 내가 육혈봉 지하에 함정을 준비한 것은 피를 덜 흘리고 내 뜻을 이루기 위함이었소. 힘이 부족해서 그리한 것이 아니란 뜻이오."

"그 말은 여전히 천하인을 상대로 싸우겠다는 것이오?"

"천하가 아니라 이곳에 모인 그대들이오. 천하는 오늘 싸움의 결과에 의해 움직일 뿐이고……. 잘들 들으시오. 나의 제안은 아직도 유효하오. 무림맹의 이름 아래 드시오. 아니면… 오늘 이곳에서 살아 나가는 자가 없을 것이오!"

"흐흐흐, 광오하군. 이미 그대의 계획은 깨졌어!"

독아 구가겸이 살소를 흘리며 말했다.

"후후, 과연 그럴까? 그럼 묻겠다. 독아 그대는 과연 내게 도전할 용기가 있는가?"

오죽노의 말에 구가겸이 당장 오죽노를 향해 달려들 듯하다가 걸음을 멈췄다.

그가 검마 황조를 상대하던 것을 떠올리면 쉽사리 도전하기도 쉬운 일이 아니다.

"하하하! 여러분, 이것이 바로 현실이오. 그 유명한 천하의 마천육마조차도 감히 내게 도전하기를 두려워하는 것, 이것이 바로 그대들이 염두에 두어야 할 현실인 것이오. 강호는 힘 있는 자의 것. 그대 중 나를 상대할 자가 있소? 나를 꺾는 자가 있다면 난 당연히 내 꿈을 포기할 것이오."

오죽노가 광오하게 말했다.

그의 서늘한 기운과 도도한 기도가 중인을 압도한다. 그런 기운은 전세에도 영향을 미쳐 다시금 중인이 오죽노를 두려워하기 시작했다. 마치 그들이 다시 지하 광장에 갇힌 것처럼.

그러나 모든 일이 그의 뜻대로 되지는 않았다. 장내에도 그 못지않은 지략가들이 존재하기 때문이었다. 혼마 상묘운이 바로 그런 사람 중 하나였다.

"오죽노, 그대는 여전히 간교하군."

"혼마, 미래를 생각한다면 말조심을 해야 할 것이오."

"후후후, 후일을 걱정할 사람은 그대지."

"호! 그 말은 그대가 날 상대할 수 있단 말인가?"

"굳이 왜 내가 혼자 당신을 상대하겠소. 내 형제와 친구가 이렇게 많은데……. 오죽노, 세 치 혀로 사람들 마음을 현혹할 생각일랑 마시오. 그대의 무공이 비록 대단한 것은 알겠지만, 우리가 왜 혼자의 힘으로 그대를 상대해야 하오? 싸움이란 결국 유리한 패를 찾는 것. 그대가 이 한록산 육혈봉의 지형을 이용하듯 우린 우리의 세력으로 그대를 상대하면 그뿐이오. 그때 당신의 그 대단한 무공이 무슨 힘을 발휘하겠소?"

혼마 상묘운의 말에 장내의 분위기가 다시 변했다.

지하 광장에서 보여준 오죽노의 전율적인 무위에 두려움을 가지고 있던 중인들이 혼마의 말을 듣고는 금세 오죽노를 상대할 방법을 깨달은 것이었다.

너무나 단순한 계책, 강한 적을 상대하는 데는 협공이 제일책인 것이다. 더군다나 세력이 앞서는 상황에서는.

그런데 그런 혼마의 말에 오죽노가 싸늘한 살기를 드러내며 비웃음을 흘렸다.

"후후후, 혼마 그대의 지모는 뛰어난 듯하지만 역시 한계가 있구려."

"또 무슨 궤변을 늘어놓으시려오?"

혼마가 대꾸했다.

"그대의 말은 일편 맞는 듯하오. 그러나 과연 그대가 믿고 있는 그 세력이라는 것이 과연 지금 그대들에게 유리할까?"

"이곳에 모인 무림인의 숫자는 그대의 수하들에 비할 바가 아니지."

혼마가 심드렁하게 대답했다. 세력은 굳이 비교할 필요도 없다.

"후후후, 물론 한록산에 모인 자들을 모두 합치면 그렇겠지. 그러나 그대들은 여전히 이 육혈봉에 갇혀 있소. 성벽 안과 밖으로 나뉘어진 세력으로 말이오. 그런 모양으로 과연 날 상대할 수 있을 것 같소?"

"벽은 뚫으면 그뿐!"

혼마가 단호하게 말했다.

"후후후, 이 성벽에 대해 잘 모르는군. 이 벽은 난공불락! 누구의 힘으로 무너뜨릴 수 없소."

"세상에 무너지지 않는 성벽은 없소. 문을 쳐라!"

혼마가 갑자기 명을 내렸다.

그러자 일단의 마천 마인이 절벽 아래 뚫린 거대한 관문을 향해 돌진하기 시작했다. 아마도 문을 깨뜨릴 생각으로 미리 수하들을 준비시킨 모양이었다.

"그대의 꿈이 얼마나 허망한지 보여주지!"

대전 앞에서 마천 마인들의 돌격을 지켜보고 있던 오죽노가 중얼거리더니 가볍게 왼손을 들어 보였다.

순간 관문 위 성벽에서 비 오듯 화살이 쏟아지기 시작했다.

차차창!

관문을 향해 돌진하던 마천의 마인들이 도검을 휘두르며 쏟아지는 화살을 막아냈다. 그리고 한순간 후미에 처져 있던 자들이 앞선 자들을 추월해 나가며 품속에서 검은 천을 들어 머리 위로 펼쳤다.

퍼퍼퍽!

성벽 위에서 쏟아지던 화살들이 어김없이 검은 천에 박혀들었다. 그런데 다음 순간 놀라운 일이 일어났다. 검은 천에 박혔던 화살들이 그대로 허공으로 튕겨 나갔던 것이다.

"혼마의 천밀포군요."

쏟아지는 화살을 막아내는 검은 천을 보며 귀보전이 말했다.

"천밀포요?"

궁비영이 되물었다.

"그렇습니다. 누구는 고래의 힘줄을 가늘게 쪼개 짠 것이라고도 하고, 또 누구는 만년한철을 실처럼 가늘게 뽑아 만들었다고도 하는데, 화살과 암기를 막아내는 데 탁월한 효과가 있다고 알려진 기병입니다."

"그럼 결국 문이 뚫리겠군요. 정작 문을 지키는 사람은 별로 없으니, 오죽노가 성벽 위에서 관문을 지킬 수 있다고 생각한 것은 화살과 암기 때문이었을 텐데요."

"이럴 때는 어쩔 수 없이 사람이 나서야지요."

귀보전의 말은 즉시 현실이 되어 나타났다.

갑자기 화살을 쏘아대던 성벽 위에서 한 사내가 뛰어내렸다. 그리고 그 순간 궁비영의 눈이 커졌다.

"중광!"

궁비영이 나직하게 읊조렸다. 과연 성문을 지키기 위해 날아내린 사람은 중광이었다.

중광은 홀로 절벽 하단의 관문 앞에 태산처럼 우뚝 서서 다가오는 마천의 마인들을 응시하고 있었다.

마천의 마인들은 웬 애송이 한 명이 자신들의 앞을 가로막자 상대를 무시하며 그대로 문을 향해 돌진했다.

스릉!

마천의 마인들이 지척에 이르렀을 때 중광이 도를 뽑았다. 그러고는 머리 도를 머리 위로 들어 올리더니 그대로 달려오는 적들을 향해 내려쳤다.

꽈릉!

한줄기 섬광이 일어나며 벼락 치듯 육혈봉이 흔들렸다.

빛이 중광의 검에서 뻗어 나와 달려드는 마천 마인들을 두 갈래로 갈라놓았다.

"악!"

"윽!"

다급한 비명이 터져 나왔다.

문을 향해 달려들던 십여 명의 마천 마인 중 셋이 죽고 나머지 일곱이 놀란 메뚜기 떼처럼 사방으로 흩어졌다.

그리고 그들 사이로 중광이 거침없이 뛰어들었다.

"아!"

"저… 저런!"

사람들 사이에서 탄식과 두려움이 흘러나왔다.

중광은 한 마리 사자 같았다. 그의 도(刀)에는 어떤 자비도 없었다. 그의 도가 마천의 마인들을 물어뜯을 때마다 그 무섭다던 마천의 마인들이 사냥당한 동물처럼 쓰러졌다.

중광의 도(刀) 앞에서 마천의 마인들은 그저 연약한 사슴에 지나지 않았다.

웅웅!

중광의 도에서 흘러나온 뜨거운 도기가 폭풍처럼 장내를 물들였다. 그의 도를 막아가던 마천 마인들의 병기는 부러지거나 혹은 주인의 손에서 벗어나기 일쑤였다.

콰앙!

다시 한 번 벼락같은 파열음이 일어났다.

그러자 그나마 살아 있던 적 중 다시 몇 명이 죽었다. 직후 완전히 전의를 상실한 생존자들이 도망치듯 싸움에서 물러났다. 중광 역시 물러나는 자들을 더 이상 쫓지는 않았다.

그는 그저 검을 들어 죽은 자의 옷자락에 슥슥 혈흔을 닦아내고는 훌쩍 신형을 날려 관문 위 절벽에 설치된 망루로 올라가 버렸다.

장내에 무거운 침묵이 흘렀다.

모든 사람을 침묵에 빠뜨린 중광은 절벽 위 망루에서 등을 돌리고 서 있었다. 문 안쪽에도 적이 있지만 문밖에도 적이 다가와 있었기에 그들을 감시하려는 것 같았다.

또 한편으로는 육혈봉 정상의 고수들 반응에 관심 없기 때문인지도 몰랐다.

어쨌든 중광이 던져 준 충격은 강력했다. 마천의 마인들은 물론 구천맹의 고수들 역시 중광의 무공에 당황했다.

특히 그들을 당황시킨 것은 이 절대의 무공을 선보인 자가 얼마 전까지 그들의 동료였던 젊은이란 사실이었다. 한편으로는 흑성이란 신분 때문에 멸시도 한 적도 있는 중광이다.

그런데 그런 중광이 절대의 고수가 되어 그들의 길을 막고 있었다.

"이제 굳이 지하 광장의 함정이 아니더라도 그대들이 날 따라야 하는 이유를 알겠소?"

두꺼운 얼음에 금이 가듯, 그렇게 오죽노의 오연한 목소리가 육혈봉 위를 흘러갔다.

당장은 누구도 그의 말에 반발하지 못했다. 두렵기보다는 당황스러움이 그들의 입을 막은 것이다.

그러나 장내에 있는 자들은 당금 천하를 지배하는 자들이다. 결코 젊은 고수의 무력시위에 굴복할 사람들이 아닌 것이다.

"이렇게 된 이상 어쩔 수 없소. 이곳에서 한쪽이 사라질 때까지 끝을 보는 것밖에는……."

마불 구르간이다. 그는 적의 강함에 무릎을 꿇는 자가 아니다. 더군다나 비록 중광의 무공을 보았지만 그 역시 자신의 무공에 여전히 자신을 가지고 있었다.

"맞소이다. 겨우 몇몇의 무위에 움츠러들 필요는 없소."

백문의 문주 군자우가 맞장구를 쳤다. 이들이 어제까지만 해도 서로의 심장을 노리던 적이었다는 사실을 누가 믿을 수 있겠는가.

"후후후, 권주를 마다하고 벌주를 마시겠다면 그 또한 어쩔 수 없는 일이지! 모두 준비하라!"

오죽노가 차갑게 명을 내렸다. 그러자 성벽 위에 늘어서 있던 오죽노의 수하들이 일제히 철궁을 들어 화살을 시위에 걸었다.

"쏴라!"

오죽노는 망설임이 없었다. 장내의 고수를 모두 죽여서라도 자신의 야망을 이룰 기세였다.

파파팟!

사방에서 화살이 날았다. 화살들은 유성처럼 중인을 향해 떨어져 내렸다.

차차창!

중인이 자신의 병기를 들어 날아오는 화살을 쳐내기 시작했다. 장내의 인물들은 모두가 일류의 경지를 넘은 고수. 화살에 맞을 자는 그리 많지 않았다.

"이놈들! 감히 내 앞에서 활을 든단 말이냐?"

한순간 마궁 종고구의 노성이 터져 나왔다. 동시에 그와 그의 수하들이 철궁을 꺼내 성벽 위에서 활을 쏘는 자들을 향해 반격하기 시작했다.

쐐애액!

쿵쿵!

종고구의 화살은 특별하다. 천하에서 그의 궁술을 따라올 사람은 없다.

그의 화살이 성벽과 사람을 한꺼번에 뚫어버렸다. 간혹 물속을 유영하는 물고기처럼 성벽을 우회해 적에게 꽂히기도 했다.

종고구의 화살은 일단 쏘아지기만 하면 반드시 적을 죽였다. 그 덕에 절벽위에서 화살을 날리던 오죽노의 수하들이 움츠러들었다.

그러자 그 빈틈을 노리고 육혈봉의 고수들이 오죽노와 그의 수하들을 향해 달려 나갔다.

삽시간에 장내가 난전에 빠졌다. 적아를 구분하기 힘든 싸움. 그럼에도 성벽은 굳건했고, 문은 여전히 닫혀 있었다.

누구도 쉽게 절벽 아래 뚫린 문 주변으로 다가가지 못했다. 그 위에 오연하게 서 있는 중광의 존재감 때문이었다.

"문을 뚫어야겠습니다."

문득 귀보전이 말했다.

"염초가 남아 있습니까?"

궁비영이 물었다.

"문을 뚫을 정도는 될 겁니다."

"그럼 그러지요."

궁비영이 대답하자 귀보전이 그 자리에서 사라졌다. 궁비영의 시선은 사라지는 귀보전이 아니라 절벽의 망루에 서 있는 중광에게로 향해 있었다.

제8장

무너지는 문, 흩어지는 꿈

콰룽!

난전이 벌어지고 있던 육혈봉 정상이 거대한 폭음과 함께 흔들렸다. 그 강렬한 파열음에 장내의 고수들이 잠시 싸움을 멈췄다.

그리고 잠시 후 사람들은 무너지는 육혈봉을 봤다. 아니, 정확히는 육혈봉 정상을 고립시키는 절벽과 성벽의 일부가 무너지는 것이다.

하지만 그 모습이 워낙 강렬해서 사람들은 육혈봉이 무너지는 듯한 느낌을 받았다.

그리고 그렇게 무너져 내린 공간을 통해 마천과 구천맹의 고수들이 물밀듯이 밀려들기 시작했다.

"하하하! 오죽노! 이제 네가 어디로 가겠는가?"

마불 구르간의 호통이 육혈봉을 뒤흔든다.

순간 백문의 군자우가 호랑이 같은 모습으로 소리쳤다.

"형제들이 왔다. 간악한 자들을 모두 베라!"

군자우의 호승심이 극에 달했다. 더불어 군자우의 사자후에 구천맹은 물론 마천의 무리까지 투기를 불러일으켰다.

육혈봉 밖에 대기하고 있던 구천맹과 마천의 고수들까지 합류한 이상 오죽노에게 천의무봉의 무공이 있어도 이 싸움을 이길 수 없다. 오죽노와 중광의 무공에 두려움을 가지고 있던 양 파의 고수들이 힘을 내 오죽노의 수하들을 공격하기 시작했다.

"와아!"

"모두 죽여 버렷!"

사기 오른 병사는 그것이 농부일지라도 무서운 법이다. 하물며 이들은 강호의 절정고수다.

"이곳에서의 일은 끝났군."

궁비영이 나직하게 중얼거렸다.

싸움이 더 오래 갈 수는 있었다. 그러나 육혈봉에 오른 구천맹과 마천의 수뇌를 제압하지 못한 이상 결국 싸움은 오죽노의 패배로 끝날 것이다. 세력으로는 도저히 구천맹과 마천을 당해낼 수 없는 오죽노기 때문이었다.

"이젠 오죽노도 어쩔 수 없을 겁니다."

어느새 다가온 귀보전이 궁비영에게 말했다.

"수고하셨습니다."

"수고는요. 그저 그의 염초를 터뜨렸을 뿐인데요."

귀보전이 빙그레 미소를 짓는다.

"그가 어찌할까요?"

궁비영이 대전 앞에서 여전히 절대적인 무위를 뽐내고 있는 오죽노를 보며 물었다.

"그라고 별수 있겠습니까? 결국 물러나 후일을 도모할 겁니다. 그와 같은 자들은 절대 목숨을 함부로 버리지 않지요. 불리하면 물러나지 목숨을 걸고 장렬한 최후를 맞이하는 자는 아닙니다."

귀보전이 단정적으로 말했다. 궁비영 역시 그리 생각하고 있었다.

"퇴로가 대전에 있다고 했던가요?"

"그렇습니다. 차우가 그리 불었다고 하더군요."

얼마 전 궁비영과 귀보전은 차우를 추궁하던 남왕 적하연에게서 한 통의 전서를 받았다.

그 전서에는 오죽노가 만약을 대비해 준비한 퇴로가 육혈봉 정상에 있는 대전 바닥에 만들어졌다고 쓰여 있었다.

"우린 그만 가지요."

궁비영이 말했다.

"출구로 가실런지요?"

"음… 어떻게 생각하십니까?"

궁비영이 되물었다. 그러자 귀보전이 고민스런 표정을 짓는다.

"저도 판단이 잘 서지 않습니다. 상식적으론 퇴로의 출구가 청마표국의 소문주가 대기하고 있는 곳으로 연결되어야 하는데 두 곳은 그 방향이 전혀 다르니 말입니다."

"혹 두 개의 퇴로가 있는 것은 아닐까요?"

"물론 그럴 수도 있습니다만 보통의 경우는 그렇지 않지요."

귀보전이 대답했다. 그러자 궁비영이 잠시 생각에 잠겼다. 그러고는 이내 결심을 한 듯 말했다.

"일단 드러난 퇴로의 출구로 가시지요."

"역시 그래야겠지요?"

"위 소국주가 있는 곳으로는 소문주께서 가시면 될 겁니다."

"소문주께서는 오죽노를 보고 싶어 하십니다만……."

"안 됩니다. 위험합니다."

궁비영이 단호하게 말했다. 어느 때보다도 단호해서 귀보전이 조금 놀란 표정을 지었다. 그러다가 금세 미소를 짓는다.

"이제 보니 계명흑성께서도 소문주님을 어머님으로 생각하시는군요."

"노인네가 또 혼자되면 저만 곤란해지지요."

궁도요를 두고 하는 말이다.

"하하하, 알겠습니다. 소문주께서도 계명흑성님의 생각을 듣는다면 기쁘게 그 뜻을 수긍하실 겁니다."

"그렇다 해도 그쪽 역시 조심해야 합니다."

"물론이지요. 함정의 함정은 오죽노가 좋아하는 것이니까요."

"그럼 움직이죠."

궁비영이 시선을 북쪽으로 돌렸다. 어느새 위치를 바꾼 중광이 오죽노가 있는 대전으로 사자처럼 다가오고 있었다.

비록 승기를 잡았다고는 하나 그 누구도 중광의 앞을 막지 못했다. 그건 마천육마나 구파의 수장들 역시 마찬가지였다.

이미 승기를 잡은 싸움. 호기로 중광을 막다가 패하기라도 하면 그 손해가 막심할 것이기에 싸움을 미루는 것이다.

"그는 어쩌실 생각이십니까?"

귀보전이 떠나려다 말고 궁비영의 시선이 중광에게 닿아 있는 것을 보고는 물었다.

"이곳은 너무 번잡하군요."

"역시 그는 오죽노와 함께 탈출하겠지요?"

"저런 녀석을 포기할 오죽노가 아니지요."

"그렇군요. 그럼 그 역시 출구에서 기다리는 것으로 하지요."

귀보전의 말에 궁비영이 고개를 끄떡이고는 천천히 걸음을 옮기기 시작했다.

"대인!"

중광이 무거운 걸음을 옮겨 적들을 향해 가차 없이 살검을 휘두르고 있는 오죽노 곁으로 다가서며 그를 불렀다.

"왔느냐?"

오죽노가 핏발 선 눈으로 적을 노려보며 대답했다.

"그만 물러나시지요."

중광이 덤덤한 목소리로 말했다. 패배를 인정하라는 말을 하는 것치고는 지나치게 담담하다.

그런 중광을 오죽노가 돌아봤다.

"지금 나더러 저런 버러지들에게 패배를 인정하란 뜻이냐?"

"상황이 좋지 않습니다. 곧 육혈봉이 무너질 겁니다."

중광은 냉정하다.

"이놈……."

오죽노의 눈에 분노가 서린다. 오죽노에게 육혈봉은 특별한 장소다.

육혈무성의 뿌리가 있는 곳이니 이곳이 곧 오죽노의 집이다. 그 집이 무너진다는 것은 오죽노의 자존심이 무너지는 것이다.

"대인답지 않습니다."

중광이 더욱 차갑고 냉정하게 말했다. 그러자 오죽노가 중광을 빤히 바라보다가 서서히 얼굴에서 분노를 지웠다.

"정말 네 녀석은 어쩔 수 없는 놈이구나."

"저 같은 놈도 있어야지요."

"후후, 그렇긴 하지. 보자… 물러나긴 물러나야겠구나. 그런데 참 알 수가 없어."

"무엇이 말입니다."

"유령사들 말이야. 어떻게 염초를 찾아냈을까. 설혹 내가 이 한록산에 염초를 흩어놓았다는 것을 알아도 그걸 찾아내는 것은 불가능한 일인데… 유령사가 수백 명이 동원되었다면 몰라도……."

오죽노가 풀리지 않는 수수께끼를 받은 것처럼 눈살을 찌푸렸다.

"아마 곧 그 대답을 듣게 될 것입니다."

"무슨 뜻이냐?"

오죽노가 되물었다.

"지금 우리가 퇴각한다 해도 손실을 피할 수 없습니다. 오늘이 육혈봉에서 얻은 피해는 단시간에 회복할 수 없는 것이지요."

"그래서?"

"유령문은 절대 대인께 시간을 주려 하지 않을 겁니다."

"응?"

"그들이라면 우리를 따라올 거란 말이지요. 대인께 시간을 준다는 것이 어떤 의미인지 잘 알고 있을 테니까요."

"음, 그렇군. 놈들이 추격하겠군."

"그때 물어보지요. 어떻게 염초를 찾아냈는지."

"흐흐, 네 녀석은 그들의 추격에서 살아날 수 있다고 생각하느냐?"

"만나기만 한다면야……."

"넌 아직 모른다, 유령문의 무서움을……. 그들은 육혈무성의 무공을 가지고 있으면서도 그 무공을 수련치 않은 자들이야. 내가 비록 그들이 간교한 술책으로 육혈무성을 암살했다고 말했지만 그들의 무공은……."

"그것 역시 뒤의 일입니다. 지금은 물러나지요."

중광이 오죽노를 재촉했다.

"좋아. 그런데… 가기 전에 기념이 될 만한 물건을 가져가고 싶은데……."

오죽노가 주위를 돌아보며 중얼거렸다.

"누구 머리를 가져오리까."

중광이 물었다.

"저자가 좋겠군. 오래전부터 마음에 들지 않았어."

오죽노가 턱으로 누군가를 가리켰다. 중광이 시선을 돌려보니 구천맹도들을 독려하고 있는 백문의 문주 군자우가 보였다.

"가져오지요."

중광이 앞으로 나섰다.

"조심하거라."

"설마 제 걱정을 다 하십니까?"

"네놈은 워낙 쓸모가 많아서……."

"오래 걸리지 않을 겁니다."

중광이 도를 어깨에 둘러메고 앞으로 걸어 나가며 말했다. 그 모습을 보고 있던 오죽노가 나직하게 혀를 찼다.

"저런 놈이 몇 명 더 있어야 했거늘……."

"쳐라! 단 한 놈도 살려두지 마라!"

군자우가 호랑이처럼 외쳐 댔다. 일단 승세를 잡자 그는 다른 누구보다도 맹렬하게 이 싸움에 임했다. 마치 그 혼자서 싸움을 도맡은 것 같았다.

그런데 그런 그의 머리 위로 한순간 검은 그림자가 드리웠다.

군자우가 본능적으로 시선을 들어 하늘을 봤다. 그러자 거대한 장한이 그를 향해 날아내리고 있었다.

"놈!"

군자우가 검을 빼 들어 하늘에서 떨어져 내리는 장한을 향해 반격했다.

군자우의 검은 대룡검이라 불리는 것으로 그 검법이 무겁고 정명하기로 이름 높았다.

쐐액!

군자우의 검에서 청명한 소리가 일어났다. 그의 검이 공기를 가르며 기습한 자의 심장을 노렸다.

순간 장한이 들고 있던 도를 슬쩍 틀었다.

쾅!

강력한 충돌음과 함께 군자우가 자신도 모르게 뒤로 물러났다.

쿵!

장한이 태산처럼 군자우 앞에 내려섰다.

"넌!"

군자우가 놀란 표정으로 장한을 바라봤다. 홀로 육혈봉의 관문을 지켰던 사내 중광이다.

"시간이 없으니 인사는 일이 끝난 후 하겠소."

중광이 도를 들어 군자우를 겨누며 말했다.

"네놈이 감히……!"

군자우가 경계심과 노기를 함께 드러내며 소리쳤다.

중광이 더 이상 군자우와 말을 섞지 않고 급히 군자우를 공격했다.

카룽!

다시금 중광의 도와 군자우의 검이 부딪혔다. 강렬한 불꽃이 일어난다.

"이놈! 감히 내가 누군 줄 알고! 죽을 자리를 찾아왔구나!"

아무리 중광이 대단한 무위를 지녔다고 해도 군자우는 구천맹의 주인 중 한 사람이다.

"제길 싸움을 이름 갖고 하나?"

중광이 투박하게 대꾸하고는 폭풍처럼 군자우를 몰아치기 시작했다.

캉캉캉!

눈 깜짝할 사이에 수십 초의 격돌이 지나갔다. 우세를 점한 것은 놀랍게도 중광이었다.

중광의 태양도는 구파의 수장 중 한 명인 군자우를 압도했다. 그러나 군자우의 무공 역시 대단했다.

비록 수세에 몰리기는 했어도 군자우는 쉽사리 중광의 도를 허용치 않았다. 적을 이기는 것은 어려워도 자신을 지킬 만한 무공은 충분히 지니고 있는 군자우였다.

물론 만약 두 사람의 싸움에 시간이 무한정 주어진다면 결국 중광은 군자우의 목을 벨 수 있을 것이다. 그러나 이 싸움은 그런 싸움이 아니었다.

주변엔 군자우를 도울 구천맹의 무사가 즐비했다. 그들이 지금 당장 이 싸움에 뛰어들지 않는 것은 오로지 군자우의 체면을 생각했기 때문이다.

구파의 수장쯤 되는 사람이 타인의 도움을 받아 위기를 벗어난다는 것은 큰 수치가 될 수밖에 없었다.

군자우 역시 어떻게든 이 싸움을 타인의 도움 없이 끝내고 싶었다. 그러기 위해서 그가 취할 방도는 하나였다.

시간을 보내는 것. 전세는 확연히 유리했다. 그러니 언젠가는 오죽노가 도주를 할 것이고 그때가 되면 이 징그러운 젊은 놈 역시 물러나지 않을 수 없을 것이다.

그때까지만 버티면 그는 자신의 체면과 명성을 지킬 수 있었다. 결국 시간이 그의 편인 것이다.

그러나 세상일은 언제나 원하는 대로만 흘러가지 않는다. 군자우는 모르고 있었다. 중광에게는 이 싸움을 생각보다 빨리 끝낼 방도가 있다는 것을!

"에랏!"

중광이 강력한 일 초를 군자우의 머리에 퍼부었다. 그러자 군자우가 노련하게 검을 놀려 중광의 도초를 피해내며 그 기운을 이용해 옆으로 흘러나갔다.

"도망을 잘도 가시는군."

중광이 비웃음을 흘리며 다시 군자우를 따라붙었다.

"애송이! 싸움은 힘으로만 하는 것이 아니다."

캉!

다시 두 사람의 도검이 충돌했다.

그런데 이번에는 중광의 도에 실린 힘이 조금 가벼웠다. 그러자 군자우의 눈가에 득의한 빛이 보인다.

"미련하게 힘을 써대다가는 결국 지치게 마련이지."

군자우는 어쩌면 자신이 이 싸움을 이길지도 모른다고 생각했다. 이 젊은 놈이 무지막지한 공격을 해대다가 급기야 지친 모습을 보였기 때문이었다.

하긴 이런 강한 도초를 끝없이 펼칠 수는 없다. 그리고 상대가 지친다면 군자우에게 승리할 기회가 있었다.

"마두의 목을 베어 백문이 어떤 곳인지 세상에 알려주겠다!"

군자우가 호기롭게 외치며 중광에게 역공을 퍼붓기 시작했다.

파파팟!

서너 갈래의 검초를 앞세운 군자우가 중광을 압박했다. 중광이 그중 몇 검초를 쳐내고 나머지 두 개의 검초는 몸을 비틀어 피해냈다.

팟!

그러나 군자우의 날카로운 검초를 완전히 피해내지는 못해서 왼쪽 어깨 부근의 옷자락이 베어졌다.

"네놈은 끝났어!"

완전히 승기를 잡았다고 생각한 군자우가 중광 곁으로 바싹 다가들며 재차 검을 찔러 넣었다.

그런데 그 순간 중광의 얼굴에 한줄기 미소가 드리워졌다.

"잘 가슈!"

중광이 투박하게 말하며 거칠게 도를 아래에서 위로 올려쳤다.

웅!

갑자기 중광의 도초에 힘이 되살아났다.

"헛!"

뜻밖의 강력한 반발에 놀란 군자우의 검이 흔들렸다. 그 순간 한 줄기 검은빛이 그의 심장을 파고들었다.

"컥!"

군자우의 입에서 나직한 신음성이 흘러나왔다. 어느새 그의 가슴을 검은 암기가 파고들었고, 그 상처로 인해 주르륵 피가 흘렀다.

"이… 간교한……!"

갑작스런 암기의 공격에 속수무책으로 당한 군자우가 노한 눈으로 중광을 보며 소리쳤다.

"흐흐. 내가 누군지를 기억했어야지. 난 본래 당신들이 공들여 만든 흑성이야. 양왕 염혁의 태양도보다도 무명도에서 수련한 암기법이 아직은 더 익숙하다니까."

싱글거리던 중광이 말을 끝나며 갑자기 벼락처럼 도를 휘둘렀다. 그러자 한순간 군자우의 목에 혈선이 그어졌다.

"끄… 윽!"

군자우가 무슨 말인가를 하려다 말고 신음을 흘리며 그대로 무너져 내렸다.

"머리야 가져가도 쓸데가 없지."

중광이 죽어가는 군자우를 한 번 응시하고는 훌쩍 몸을 날려 오죽노가 있는 곳으로 날아갔다.

"문주!"

중광이 군자우를 벤 것은 그야말로 찰나의 순간이었다. 그래서 군자우에게 일어난 일을 그의 문도들이 깨달은 것은 중광이 오죽노 곁으로 물러난 이후였다.

백문의 문도들이 군자우를 부축했다. 그러나 이미 군자우의 숨은 끊어져 있었다.

순간 멀리 오죽노의 사자후가 터져 나왔다.

"오늘은 물러가겠다. 그러나 곧 다시 돌아오겠다. 그때에는 다신 이런 반발을 용서치 않겠다. 더불어 추격하는 자가 있다면 백문의 문주와 같은 신세가 될 것이다. 무성의 형제들은 물러난다!"

오죽노의 명이 떨어지자 그와 가까이 있던 자들은 육혈봉 위의 대전으로, 성벽 주위에 있던 자들은 사방으로 흩어지기 시작했다.

"쫓아라!"

"오죽노를 잡앗!"

곳곳에서 마천과 구천맹 고수들의 외침이 터져 나왔다.

참으로 기이한 광경이었다. 천하를 두고 십수 년간 피비린내 나는 전쟁을 치러온 두 세력이 하나의 적을 맞아 이렇게까지 힘을 모아 싸울 것이라고 예상한 사람은 단 한 명도 존재하지 않았다.

이 기이한 결합은 오죽노 역시 예상치 못한 것이었다. 거대한 혼돈 속에 흑과 백, 그리고 정과 사가 뒤섞이고 있었다. 그리고 그 혼돈의 물줄기는 그것을 시작한 자, 오죽노를 향해 밀려갔다.

"탐나는 녀석이야."

문득 마불 구르간이 중얼거렸다.

"누구 말이오?"

마궁 종고구의 물었다.

"백 문주를 죽인 자 말이오."

"오죽노의 제자 말이구려."

종고구의 말에 오죽노가 고개를 끄떡였다. 그러자 종고구가 다시 입을 열었다.

"제법 대담한 면이 있기는 하더이다. 그 와중에 백 문주 군자우의 목을 베고 가다니."

"구천맹보다, 혹은 오죽노의 그늘보다는 우리 마천에 어울리는 녀석이 아니오?"

마불 구르간이 물었다.

"글쎄올시다. 사람 보는 눈은 우리 육마가 모두 다르니. 하지만 어쨌든 그는 오죽노의 제자가 아니오?"

"제대로 된 제자는 아니오."

"어째서 그렇소?"

"난 녀석을 예전에 한 번 본 적이 있소. 무량보를 취하려 사천에 갔을 때인데 천하이도를 따라잡았을 때 얼핏 보았소. 당시에는 아마 구천맹의 흑성이었을 거요."

"흑성이었다? 그럼 조금 다르겠군요."

"녀석이 어떻게 흑성에서 오죽노의 제자가 된 것인지는 모르겠지만 그들의 관계는 다른 사제지간과는 다를 것이오."

"그래서 그를 욕심내시는 거요?"

"뭐 기회가 닿으면 한번 설득해 봐야겠소."

"하하하! 마불께서 누군가를 욕심내시는 것은 처음이구려."

"놀라운 아이가 아니요? 가장 미천한 흑성에서 육혈무성의 무공을 수련한 절대고수로 변했으니. 그것도 단 몇 년 사이에……."

"이런 말 어떨지 모르지만… 마불도 늙으신 모양이오. 후계를 다 생각하시고……."

종고구가 말하자 구르간이 잠시 멈칫하다 머리를 주억거리면서 대답했다.

"어찌 나라고 늙지 않겠소? 시간만큼 모두에게 공평한 것은 없는 법이외다."

"이제야 마불께서 서장의 라마셨다는 것이 실감나는구려."

"하긴 요즘 들어 납살의 그 차가운 공기가 자꾸 생각나기는 하오. 영원히 돌아갈 수 없는 곳이겠지만……."

"자자, 오죽노나 잡으러 갑시다. 우리야 눈앞의 일에 충실하게 살아온 사람들 아니오."

"그렇구려. 기분도 울적하니 후인을 얻든, 오죽노를 사냥하든 둘 중 하나는 해내야겠소."

마불 구르간이 신형을 날렸다. 그의 나이답지 않은 굳강한 몸이 삽시간에 오죽노가 들어간 대전으로 사라졌다.

*　*　*

한록산 남쪽은 장강의 지류가 흘러들어 수로가 발달한 반면 북쪽은 험준한 산들이 연이어 이어진 산악지대다.

노련한 산꾼이라도 한록산 북쪽 산악지대는 들어가기를 꺼려할 만큼 험해서 길이라고는 그저 짐승들이 돌아다니는 곳을 사람이 빌려 쓸 정도밖에는 없었다.

쿵!

사람의 왕래가 없어 고요한 산중에 갑자기 거대한 굉음이 울렸다. 그러자 거짓말처럼 높다란 절벽 하단이 무너져 내렸다. 뿌연 연기가 잠시 하늘로 솟구쳤다가 사그라들었다.

무너진 절벽 뒤쪽으로 겨우 사람 두어 명 드나들 만한 동굴이 드러나 있었다. 그 안에서 일단의 사람이 모습을 드러냈다.

동굴은 앞서 나온 사람들 말고도 꾸역꾸역 뒤따르는 자들을 뱉어냈다.

그리고 한순간 초로의 노인이 지친 모습으로 동굴을 벗어났다.

그가 나타나자 앞서 동굴을 벗어난 자들이 뒤로 물러나 길을 만들며 고개를 숙여 보인다.

오축노다.

"잠시 쉬지."

동굴을 벗어난 오축노가 말했다.

"저들의 추격이 급합니다."

"괜찮아. 이 비도는 좁아서 뒤를 쫓는 자들도 쉽게 따라 올 수 없으니까. 이각만 쉰다. 모두 휴식을 취하라!"

"예, 대인!"

오축노의 수하들이 일제히 대답을 하고는 주변으로 흩어졌다. 그러자 오축노가 몇 걸음 걸어가 바위에 걸터앉았다.

그의 곁으로 제자들이 모여들었다.

"참으로 창피한 일이다."

문득 오죽노가 중얼거렸다.

"운이 없었을 뿐입니다. 너무 상심 마십시오."

종목염이 그를 위로한다.

"후후. 역시 목염 네놈은 다르구나. 심성이 여유로워. 내가 항상 부러워하는 성정이지."

"송구합니다."

종목염이 얼른 고개를 숙여 보였다.

"아니, 탓하자고 한 말이 아니다. 그런 널 좋아하니까. 그런데… 그들은 오지 못한 모양이군."

"비산문과 자부문은 포기해야 할 것 같습니다. 배신한 자들이라 그런지 구천맹의 공격이 그 두 문파로 집중되었습니다."

"음… 아쉬운 일이군. 그만한 세력을 얻는 것은 여간해선 힘든 일인데……."

오죽노는 이 지경이 되고서도 벌써 후일을 계획하고 있는 모양이었다.

"괘씸한 것은 제룡가입니다."

문득 무명도주 천도수가 노한 목소리로 말했다.

"그러게 말이야. 나도 조금 실망이야. 그들이 결국 우릴 돕지 않았어. 그들이 도왔다면 사정이 조금 달라졌을 텐데."

오죽노도 서운한 기색을 드러냈다.

"이곳을 벗어나면 반드시 그 대가를 치러줘야지요."

천도수는 다른 때와 달리 흥분한 모습이었다. 흑성을 길러내는 천하의 무명도주다. 그런 자의 모습으로는 어울리지 않은 행동이었다.

"관주들이 희생된 것은 아쉬운 일이네."

오죽노가 금세 무명도주 천도수의 심정을 알아채고는 위로하듯 말했다. 육혈봉의 싸움에서 무명도의 관주들은 천도수를 제외하고는 모두 희생되었다.

천도수에게 무명도의 관주들은 동고동락한 형제와 같은 사람들이었다. 그런 자들이 모두 희생되었으니 그에게 침착함을 요구하는 것도 무리였다.

"그들의 복수를 할 수 있기를 바랄 뿐입니다."

"그렇게 될 것이네."

오죽노가 약속했다. 천도수는 그런 오죽노를 믿는 눈치다.

"이제 어디로 가시렵니까?"

종목염이 조심스레 묻는다.

"셋째에게 가겠다."

"마의께 말입니까?"

종목염이 놀란 표정으로 물었다.

"그래."

"차라리 둘째 사숙께 가시는 것이……?"

"아니. 둘째는 소아와 함께 먼 훗날을 준비해야 하니 부담을 줄 수 없다. 그들을 이리로 부르지 않은 것도 그 이유야."

"그 아이들은 어디에 정착하는 겁니까? 청마표국이라면 너무 드러나는 것 아닌지……?"

종목염이 물었지만 오죽노는 고개를 저으며 대답을 하지 않는다.

"모르는 것이 좋아. 청마표국은 아니다. 어쨌든 우린 셋째에게 간다. 셋째가 달리 준비를 해놓고 있을 거야. 사제는 물론 둘째와 함께하기를 원했겠지만 내가 부탁을 해뒀지… 미안한 일이야."

"알겠습니다."

종목염은 스승의 말에 고집을 부리는 사람이 아니다. 종목염이 순순히 대답을 하는데 갑자기 그들이 나왔던 동굴에서 두 명의 사내가 튀어나왔다.

"제길!"

동굴에서 튀어나온 자 중 하나가 투덜거리며 몸에 묻은 먼지를 털어낸다.

중광이다. 다른 한 사람은 중가의 가주 중천산이다.

"왔는가?"

오죽노가 일어서서 중천산을 불렀다.

그러자 중광과 중천산이 오죽노 앞으로 다가왔다.

"어떠한가?"

오죽노가 물었다. 그러자 중천산이 대답했다.

"남은 자들로는 오래 버티지 못합니다."

"음, 생각보다 추격이 거세군."

"마천의 마인들은 정말 독종이더군요."

중광이 말했다.

"후후, 네가 겁을 먹을 때가 다 있구나."

"겁을 먹은 것이 아니라 귀찮은 것이지요. 어디로 갑니까?"

앞서 다른 사람이 한 질문을 중광이 다시 했다.

"이 비탈을 따라 동쪽으로 간다. 반나절을 가면 말과 마차가 준비되어 있을 것이다."

"말과 마차요?"

중광이 조금 놀란 표정으로 되물었다. 언제 그런 준비를 했냐는 모습이다.

"일을 시작하기 전에 준비해 두었던 것이다."

"이런 일이 생길 줄 아셨습니까?"

"그런 것은 아니고. 본래 우리 가문은 과거 육혈무성의 시대에도 한록산에서의 회합이 있을 때면 항상 그리 준비를 했었다고 하더구나. 육혈무성의 시대에도 서로를 믿지 못했던 것이지. 우린 이번에도 그 전통을 땄을 뿐이다."

"우리라시면……?"

"마의가 와 있다."

오죽노의 말에 중광이 고개를 끄떡였다. 그 역시 천하제일 현자라 불리는 곡풍과 마의 한록이 오죽노의 사제라는 사실을 알고 있었다.

"그럼 그만 가시죠."

"그러자!"

오죽노가 자리에서 일어났다. 그러고는 주위를 돌아보며 나직하게 명을 내렸다.

"십여 일만 고생하라. 하면 새로운 곳에서 다시 우리의 꿈을 준비할 수 있을 것이다."

오죽노의 명에 그의 수하들이 한곳으로 모여들어 동쪽으로 이동하기 시작했다.

"시간을 좀 벌 수 있겠지요?"

궁비영이 귀보전에게 물었다. 그의 시선은 여전히 어둠 속으로 사라지는 오죽노 일행을 보고 있었다.

"어쩌시렵니까?"

"그의 사제라는 자를 먼저 만나봐야겠지요."

"알겠습니다."

귀보전이 대답했다.

* * *

산과 산이 잠시 만났다가 헤어지는 곳, 산사람들이 별곡이라 부르는 곳이다.

별곡 아래에 작은 산골 마을이 있는데, 그곳에 사는 사람들은 항상 별곡에서 누군가를 떠나보낸다. 그래서 만들어진 이름이 별곡이다.

그 별곡에 이십여 필의 말과 두 대의 마차가 얼마 전부터 머물고 있었다.

주인은 허름한 옷을 입은 노인이었는데 그의 주변에 십여 명의 굴강한 자가 지키고 있어서 마을 사람들은 감히 며칠 동안 별곡에 발길도 들이지 못하고 있었다.

"결국 이렇게 되고 말 것을!"

노인은 소나무 아래 멍석을 깔아놓고 술을 마시고 있었다. 술을 마시는 사람은 오직 그 하나. 다른 사람들은 형형한 눈빛을 흘리며 노인의 주위를 지키고 있었다.

"말과 마차를 준비하면서도 이것들을 정말 쓸 줄은 몰랐군. 고약한 사형 같으니라고. 사천으로 가는 사람을 불러 이런 고약한 일을 결국 시키고야 마는구나. 이 사형의 안위도 걱정이고… 그쪽이라고 추격자가 없을까."

노인이 다시 술병을 들어 꿀꺽꿀꺽 술을 들이켰다.

"커어!"

술병을 내린 노인이 닭다리를 하나 찢어 입에 문다. 그러고는 벌렁 멍석 위에 드러누워 하늘을 보며 중얼거렸다.

"이제 다시 세력을 키우기는 힘들 텐데… 사형의 나이도 있고. 하지만 사형이 어디 포기할 사람인가? 휴……."

노인의 한숨이 깊어졌다. 그러다가 문득 벌떡 일어나 앉으며 손으로 몇 군데를 꼽아본다.

"보자. 남쪽으로 내려가 독림에 드는 것도 한 방법, 장성을 넘어 광풍사를 제압하고 자리를 잡는 것도 한 방법, 그도 아니면 제룡가로 가는 것은 어떨까? 놈들이 배신을 했으니 그 값도 치러주고… 흐흠… 척황 그놈이 생각보다 영악한 놈일세. 사천은 꿈도 꾸지 말아야지. 아이들이 자랄 곳인데……."

노인이 술주정하듯 연신 혼잣말로 중얼거렸다.

그런데 그때였다. 갑자기 노인을 호위하고 있던 자 중 하나가 날카로운 소리로 외쳤다.

"웬 놈이냐?"

그 소리에 노인도 고개를 들어 사람들이 별곡이라 부르는 계곡 입구를 바라봤다.

그러자 계곡 입구로 들어서는 두 사람이 보였다. 한 명은 젊고 한 명은 늙었는데 마치 유람을 나온 자들처럼 유유자적이다.

"걸음을 멈춰라!"

처음 소리를 질렀던 자가 다시 경고했다. 그러나 두 사람은 전혀 멈출 기색이 보이지 않았다.

두 사람이 금세 노인과 십여 장 안쪽까지 가까워졌다. 그러자 노인이 술병을 들고 일어났다.

"어디서 오시는 손님이시오?"

노인이 술병을 들고 물었다. 그러자 불청객 중 나이 든 쪽이 되물었다.

"그대가 마의(魔醫)요?"

"뉘시오?"

"부인하지 않는 걸 보니 맞는 모양이군요."

노인이 젊은 쪽을 보며 말했다.

순간 술병을 든 노인, 마의 한록의 표정이 일변했다. 그의 눈에 서늘한 기운이 감돈다. 며칠 동안 술을 마시고 있었지만 한순간에 그 취기들이 사라진 듯 보였다.

그러다가 문득 다시 술병을 입에 가져갔다. 그러고는 벌컥 벌컥 술을 마시곤 갑자기 질문을 한 노인에게 무서운 속도로 술병을 던졌다.

불청객 노인은 술병을 피하는 대신 가볍게 손을 휘저어 날아오는 술병을 낚아챘다.

그러고는 망설이지 않고 술병을 입에 가져갔다. 그러나 술병은 이미 텅 비어 있었다.

"이것 참 인심 고약하군. 빈 술병을 주다니!"

노인이 빈 술병을 휙 던져 버렸다. 술병이 바위에 부딪혀 요란한 소리를 내며 깨졌다.

"누구냐? 마천이냐? 구천맹이냐?"

마의 한록이 다시 물었다. 자신을 찾아온 자들이라면 반드시 그 두 무리 중 하나일 거라 생각하는 모양이었다.

"일단 할 일을 한 후에 말해주지!"

술병을 깬 노인이 대답했다. 순간 마의 한록이 지체하지 않고 명을 내렸다.

"쳐라!"

한록의 명이 떨어지자 그를 호위하던 십여 명의 무사가 일제히 도검을 빼 들고 불청객들을 향해 달려들었다.

궁비영이 천천히 검을 뺐다. 동왕 귀보전을 공격하는 자가 다섯, 자신을 공격하는 자가 다섯이다.

마의는 경계심 가득한 눈으로 수하들의 싸움을 지켜보고 있었다.

'실수지. 그나마 승산을 높이려면 당신 자신이 뛰어들어야 했어!'

궁비영이 검을 비스듬히 세웠다. 그러고는 마치 춤을 추듯 다가오는 적을 향해 나아갔다.

스슥!

궁비영의 발이 얼음 위를 미끄러지듯 움직였다. 그러자 신기하게도 다섯 명의 적이 만든 도검의 그물을 한순간에 벗어났다.

"큭!"

"욱!"

그 와중에 그가 지나쳐 온 적들 사이에서 두 마디 신음성과 함께 마의 한록의 수하들이 쓰러졌다.

궁비영이 훌쩍 허공으로 떠올랐다. 그러자 그가 있던 곳으로 살아남은 적 셋이 도검을 휘두르며 지나쳤다.

궁비영이 나비가 꽃에 내려앉듯 자신의 하단을 지나가는 적들 위로 가볍게 내려섰다. 동시에 그의 검이 검무를 추듯 한 차례 너울거렸다.

파팟!

붉은 선혈이 솟구친다. 봄날 흩날리는 꽃잎처럼 그렇게 퍼지는 선혈 속에서 그를 공격했던 한록의 수하들이 힘없이 스러졌다.

"너… 넌?"

마의 한록이 두렵기보다는 너무도 신비로운 궁비영의 무공에 놀라 미처 말을 다 하지 못하고 손으로 궁비영을 가리켰다.

"이 무공은 노송이란 양반이 만든 것인데… 볼만하오?"

궁비영이 한록에게 다가서며 물었다.

"노송!"

한록이 경악스런 표정으로 소리쳤다.

"아마 당신이 오죽노의 사람이 분명하다면 그 이름이 뭘 의미하는지 잘 알고 있을 거요."

"그, 그걸 어떻게?"

"당신들의 행적을 보면 능히 짐작할 수 있는 일이지. 당신과 곡풍은 결국 오죽노와 한 뿌리겠지?"

"음……."

"육혈무성의 장보도를 이용해 천하의 고수들을 한록산에 몰아넣은 당신들의 연기는 놀라웠소."

어느새 궁비영은 마의 한록과 일 장 안에 들어와 있었다. 조금 떨어진 곳에선 동왕 귀보전이 이젠 둘만 남은 적을 상대로 마지막 공격을 가하고 있었다.

"유령문이겠군."

"그렇소."

"과연… 그렇군. 그럼 역시 육혈봉의 일도……?"

"그렇소."

궁비영이 다시 대답했다.

"날 죽이러 왔군. 사형의 퇴로를 끊기 위해……."

"잘 알고 계시는구려. 내 무공을 보았으니 아마 이것도 아실 거요. 반항은 소용없다는 것을!"

궁비영이 천천히 검을 들어 올렸다.

제9장

별곡의 밤

마의 한록이 가슴을 내려다봤다. 붉은 피가 배어 나오고 있었다. 그는 궁비영의 검에 그 어떤 반발도 할 수 없었다. 그의 무공이 낮아서는 아니다.

그가 누군가. 육혈무성 뇌마 혜불각의 후예다. 비록 혜씨 성을 가진 것은 아니지만 오죽노 혜간의 사제로 살아온 한록이었다.

세상에는 뛰어난 의술을 지닌 자로만 알려졌지만, 사실 그 무공 역시 마천의 육마, 혹은 구천맹의 구파 수장들에 못지않은 한록이었다.

그런 그조차 자신의 심장을 파고드는 궁비영의 검을 보았을 때 반항이 무의미하다는 것을 깨달았다.

그건 마치 천적과도 같았다. 육혈무성의 무공에 뿌리를 둔 자라면 절대 피할 수 없는 검이었다.

살랑거리는 나비처럼 자신의 몸에 다가왔지만 도저히 거부할 수 없는 검로를 지니고 있는 검.

그 와중에 궁비영도 모르는 사실, 아니, 미처 깨닫지 못한 사실 하나가 드러났다. 화인 노송의 모든 무공은 결국 육혈무성의 무공에서 시작된 것이라는 것. 다만 그 궤가 육혈무성의 무공과는 정반대로 움직여 결국에는 그들의 무공과 상극이 되었던 것이다.

아마도 화인 노송이 화선무을 창안할 때 자신도 모르게 그가 경험했던 가장 강한 고수들, 육혈무성의 무공을 그 대척점에 두었던 모양이었다.

그리하여 자연스레 화인 노송의 화선무에는 그가 경험한 육혈무성의 무공을 깨뜨릴 수 있는 무리들이 녹아들어 있었다.

"이건 무슨 뜻이오?"

반발하지 않고 순순히 자신의 검을 받은 한록을 보며 궁비영이 물었다.

"소용없다는 것을 깨달았지."

"……?"

"이 무공, 화인 노송의 무공이란 것을 알았을 때 짐작은 했지만 직접 대면하니 도저히 감당할 수 없는 무공이란 걸 알았어. 그러니 애꿎게 힘을 써 무엇하나. 저승 갈 힘이라도 아껴둬야지. 그런데… 그대는 왜……?"

이번에는 한록이 물었다.

"난 반항하지 않는 적은 죽이지 않소."

사실 궁비영의 검이 한록의 가슴을 찌르기는 했지만 심장을 한 치 정도 비껴 나가 있었다. 최후의 순간 궁비영이 검로를 바꾼 것이다.

"죽이라고 하면 죽이지 않으니 참으로 기이한 자군."

"살아 있으라는 것이 마음에 들지 않소?"

"무공은 거두겠지?"

당연한 일이다. 한록 같은 자를 살려두려면 필히 무공을 거둬야 한다.

"그렇소."

"음… 그 몸으로 뭘 할까?"

한록이 불평하듯 말했다.

"당신에게는 의술이 있지 않소? 아마 평생 편히 살 수 있을 거요. 거기에 독심도 갖췄으니……."

"음… 의술이라."

한록이 먼 산을 보며 중얼거렸다. 그러고는 갑자기 주섬주섬 품속에서 약재들을 꺼내 들어 개중 하나의 전낭을 열고는 흰 가루를 가슴의 상처에 뿌렸다. 그러자 신기하게도 금세 피가 멈췄다.

"처음부터 난 사람 목숨 구하는 의원이 될 생각이었어. 내 나이 서른이 될 때까지도 난 내가 육혈무성의 후예란 사실조차 몰랐지. 그런데 딱 서른이 되고 의술에 자신이 생겨 강호로 나가려는데 사형이 그제서야 내 뿌리를 말하더군. 그리고…
내가 해야 할 일도 말이야. 참 묘한 기분이었지. 마치 내 인생
을 빼앗긴 것 같은 느낌이었어."

"괴로웠겠구려."

궁비영이 이해한다는 듯 말했다. 그 역시 제룡가의 외가 사
람으로, 혹은 구천맹의 흑성으로, 그리고 지금은 유령문의 계
명흑성으로 살고 있지 않은가. 이 삶이 결코 만족스러운 것은
아니었다.

"그래도 어쩔 수 있나. 사형은 내게 스승이며, 아버지고, 또
는 피를 나눈 형제와 같은 사람이었는걸. 하지만 이젠 사형을
떠날 수 있겠군. 사형은 매정한 분이지. 쓸모가 없는 사람에겐
미련을 두지 않아."

"잘 생각하셨소."

"부탁 하나 하세."

"……?"

"가능하면 사형도 살려주시게."

"그건 어려울 것 같소."

궁비영의 대답에 한록이 실망스런 표정을 짓는다.

"개인적인 원한이 있나?"

"내 운명을 쥐고 흔들었던 사람이오."

"음… 인연이 있다는 말이군. 누군가?"

한록이 새삼스레 궁비영의 정체를 물었다. 그러자 궁비영이
대답했다.

"제룡가의 외가 출신으로 흑성이 되었던 사람이오. 또한 그에게 죽음을 한 번 당해 유령문에 든 사람이기도 하오."

"허허, 과연 사형을 용서할 수 없을 만한 악연이군."

"내가 그를 죽인다는 뜻은 아니오."

"… 하면?"

"내가 그를 살려주어도 세상 사람들이 그를 살려두지 않을 거요. 두 가지 이유가 있소. 하나는 그가 세상에 뿌린 피가 너무 많다는 것. 둘째는 그는 살려두기에 너무 위험한 인물이기 때문이오."

궁비영의 말에 한록이 아미를 찡그리며 중얼거렸다.

"모든 것은 자업자득이란 말인가?"

"너무 뛰어난 것도 잘못이기는 하오."

"허허허, 그렇군. 그런데 그대가 세상 사람들로부터 사형의 목숨을 지켜줄 수는 없겠나?"

한록의 말에 궁비영이 어이없다는 생각이 들었다. 죽여도 시원찮을 사람을 지켜달라니. 궁비영이 빙그레 미소를 지었다.

"안 된다는 말이군."

"그의 운명은 결국 그가 결정하게 될 거요."

궁비영의 말에 한록이 한숨을 내쉬고는 한쪽에 준비해 두었던 말들을 가리키며 물었다.

"가도 되겠나?"

한록의 물음에 궁비영이 고개를 끄떡이며 대답했다.

"할 일을 한 후에는 가도 좋소."

"할 일이라… 제길, 가끔 거추장스럽기도 했지."

한순간 한록의 얼굴이 붉어졌다. 그러고는 잠시 피를 토하며 그 자리에 한쪽 무릎을 꿇었다. 스스로 자신의 단전을 파괴한 것이다.

커억!

붉은 피가 한록의 옷자락을 적셨다. 그러자 한록이 피 묻은 입으로 궁비영에게 물었다.

"되었는가?"

"한 가지 더 남았소."

"……?"

"주시지요."

궁비영이 그의 뒤에서 이 모든 것을 지켜보고 있던 귀보전에게 말했다. 그러자 귀보전이 검은 환약을 궁비영에게 건넸다. 궁비영이 환약을 들고 한록에게 다가가 환약을 내밀었다.

"이걸 먹으면 가도 좋소."

"그건 뭔가?"

"혹 아는지 모르겠소. 천명환이라고……."

"천명환! 그걸… 어떻게?"

"그 옛날 육혈무성을 상대하기 위해 유령문의 선조들은 많은 연구를 했었소."

"그래서 천명환을 재현했다?"

"그렇소."

"허허허… 뿌리가 가지를 죽이는구나!"

한록이 허탈하게 웃음을 흘렸다.

천명환은 과거 육혈무성의 시대에 그들이 자신들의 무노인 흑성들을 통제하기 위해 만든 단약이었다. 복용하면 단전이 파괴되고 모든 무공을 상실하게 되어 다시는 무공을 수련할 수 없게 되는 마환이었다.

그 천명환을 유령문에서 복원해 이제 육혈무성의 후예인 한록에게 복용을 강요하고 있었다.

"어쩔 수 없지."

한록이 천명환을 받아 들고는 씹지도 않고 그대로 삼켰다. 그러고는 잠시 후 얼굴이 일그러지면서 그의 손이 땅 위의 돌멩이를 움켜쥐었다. 참기 힘든 고통인 것이다.

궁비영이 그런 한록의 뒤로 돌아가 그의 등에 손을 대고는 진기를 주입했다. 그러자 한순간 한록의 얼굴에서 고통이 사라졌다. 대신 천명환의 기운이 순식간에 그의 진기를 말려 버렸다.

고통이 사라진 건 곧 그의 몸에 어떤 공력도 남아 있지 않다는 의미였던 것이다.

"고맙군."

"잘 가시오."

궁비영이 한록을 부축해 일으켰다. 그러자 한록이 비틀거리며 걸음을 옮겨 말 한 필을 끌어낸 후 힘겹게 말에 올랐다.

그러고는 서쪽 하늘을 보며 중얼거렸다.

“예전부터 천축에 한번 가보고 싶었지.”

“그 몸으로 갈 수 있겠소?”

“하하하! 무공은 잃었지만 내가 이래 봬도 그대 말대로 강호 제일의 의원이 아니오? 하하하! 육혈무성이라! 하하하!”

한록이 연신 앙천대소를 하며 말을 몰기 시작했다. 그의 웃음소리는 그가 보이지 않은 후에도 한참 동안 궁비영과 귀보전의 귀에 들려왔다.

“저대로 보내도 되겠습니까?”

“위험하다고 보십니까?”

“육혈무성의 후예입니다.”

“그의 눈을 봤지요. 욕심이 없어요. 지쳐 있었고요. 그는… 절대 다시 육혈무성의 후예로 돌아오지 않을 겁니다.”

“…….”

귀보전은 쉽게 믿을 수 없는 모양이었다. 그러나 궁비영이 그리 말하는데 그로서도 더 이상 어쩔 수는 없었다.

“자. 이제 정리하지요. 모든 일을 마무리 지을 곳인데 정갈하게 오죽노를 맞아야겠지요.”

“알겠습니다.”

귀보전이 손을 들었다. 그러자 어둠 속에서 유령사들이 모습을 드러내더니 장내를 정리하기 시작했다.

* * *

밤공기를 타고 멀리서 사람 비명 소리가 들렸다. 그러나 일행은 뒤도 돌아보지 않고 묵묵히 걸음을 옮기고 있었다.

단출한 행렬이다.

모두 합해 이십여 명 정도. 육혈봉을 벗어난 숫자를 생각하자면 지나치게 적은 무리였다.

오죽노는 지쳐 보였다. 하룻밤 새 십 년은 더 늙어 보이는 오죽노다.

마천과 구천맹의 추격은 예상보다 치열했다. 동굴을 막은 것은 임시방편에 지나지 않았다. 출구의 위치가 확인되자 사방에서 구천맹과 마천의 고수들이 몰려들었다.

그 공격을 피하기 위해 오죽노는 또 한 번 수하들을 희생하는 계책을 써야 했다.

그는 무리를 넷으로 나눠 사방으로 흩어 보냈다. 도망자가 넷으로 갈라졌으니 추격자들도 넷으로 나뉘어졌을 것이다.

추격자의 숫자가 줄어들면 육혈무성의 무공을 익힌 고수들이 포함된 오죽노 일행은 그만큼 안전해진다. 대신 다른 길로 떠난 수하들은 아마도 전멸을 면치 못할 터였다.

"얼마나 남았느냐?"

오죽노가 문득 물었다.

"거의 다 와갑니다."

그의 오랜 충복 백로가 대답했다.

"참으로 비정한 밤이구나."

오죽노가 나직하게 탄식을 흘렸다. 밤은 더욱 깊어져 이젠 달빛도 보이지 않았다.

"하루의 고난일 뿐입니다."

대제자 종목염이 대답했다. 그러자 오죽노가 씁쓸한 표정으로 대답했다.

"이젠 너에게 위로를 받아야 하는 처지구나."

"죄, 죄송합니다. 사부님!"

"아니다. 널 탓하는 것이 아니야. 그저 신세가 곤궁해졌음이 처량하다는 거지."

오죽노가 한숨을 쉬며 하늘을 바라보다가 갑자기 오른손을 매섭게 휘둘렀다.

탁!

한순간 그의 손에 검은 철시가 잡혔다.

"마궁!"

오죽노가 뒤를 돌아보며 나직하게 뇌까렸다. 그의 수하들이 사위를 경계하며 도검을 들어 올렸다.

"오죽노, 그대가 갈 곳이 천하에 있을 것 같은가?"

멀리서 마궁 종고구의 목소리가 들린다.

"가세!"

오죽노가 종고구의 말에 대답하는 대신 일행의 걸음을 재촉했다.

"한두 놈 죽이지요?"

멀찍이서 중광이 무덤하게 말했다.

"아니, 지금은 아니야. 아직은 놈들이 가까이 오지 않았다."

"하지만 마궁이 오지 않았습니까?"

"마궁은 그들 중 가장 빠른 자지. 더군다나 그는 먼 곳에서 화살로 먼저 공격했다. 그건 아직 다른 자들이 합류하지 못했다는 의미다. 우릴 발견했으니 아마 다른 곳으로 간 자들을 부를 거다. 그 안에 삼제를 만나야 한다."

오죽노가 이 와중에도 냉철하게 상황을 판단했다. 그러자 갑자기 무명도주 천도수가 입을 열었다.

"대인, 전 이곳에서 작별을 고하겠습니다."

"그게 무슨 소린가?"

오죽노가 놀란 표정으로 천도수를 바라봤다.

"마궁은 제가 맡지요."

"안 될 말!"

오죽노가 크게 고개를 저었다. 그러자 천도수가 침착한 표정으로 말했다.

"대인의 말씀처럼 마궁의 눈에 띈 이상 그는 천하의 고수들을 불러 모을 것입니다. 그전에 그를 상대하는 것이 좋지요."

"미안하지만 자넨 그의 상대가 되지 못해."

"물론 그렇지요. 저도 그를 베거나 이길 생각은 없습니다. 단지 대인의 흔적을 지울 뿐이지요."

"음……."

오죽노가 침음성을 흘린다. 그러자 문득 종목염도 앞으로 나섰다.

"스승님, 저도 이곳에 남겠습니다."

"목염, 너까지 왜 이러느냐?"

"저와 도주시라면 마궁을 충분히 상대할 수 있을 겁니다. 기왕에 그의 걸음을 막을 바에야 그의 숨을 끊는 것도 나쁜 것은 아니지요. 그게 가능성이 더 높습니다."

"허락할 수 없다!"

오죽노가 단호하게 말했다. 종목염이야말로 오죽노가 가장 아끼는 제자다.

그때였다.

"대인을 모시고 가시우. 내가 남겠소."

문득 중광이 앞으로 나선다. 그러자 종목염이 고개를 저었다.

"아니, 사제가 스승님을 모셔라."

"지금 서로 죽겠다고 고집 피울 때가 아니오. 대인을 모시는 것은 나보다야 종 대협이 백번 낫소."

중광은 끝까지 종목염을 사형이라 부르지 않았다.

"이 일은 내가 맡는다. 난 스승님의 대제자다!"

"제길, 현실적으로 생각하시오. 무공이야 어쨌든 난 흑성이오. 여차하면 몸을 피하면 그뿐이란 말이오. 하지만… 종 대협이 남으면 결국 이곳에서 죽을 거요."

"음……!"

종목염이 나직하게 침음성을 발한다. 그러자 중광이 오죽노를 보며 말했다.

"대인, 어서 가십시오. 이곳은 내가 맡지요. 한… 반 시진쯤 시간을 벌겠습니다. 그건 약속합니다. 그러나……."

"말하거라."

"그러나 그 이후에는 나도 내 살길을 찾을 겁니다. 그리고… 아마 영원히 대인을 떠날 겁니다."

"광아……!"

중광의 말을 듣고 있던 중천산이 놀란 표정으로 중광을 불렀다.

"아버님, 일이 이쯤 되면 결국 우리의 도박은 실패로 돌아간 겁니다. 물론 대인께서 나중에 재기하실 수도 있겠지만 전 그 일까지 함께하고 싶지는 않습니다. 여기서 죽든지, 살아난다면 온전한 자유를 찾든지… 둘 중 하납니다."

"이 녀석……."

중천산이 화가 난 표정으로 무슨 말인가를 하려는 순간 오죽노가 중천산을 제지했다.

"그만하게! 봐라, 중광!"

"예, 대인!"

"정말 남겠느냐?"

"그렇습니다."

"좋아. 그럼 남거라. 하지만… 내가 떠난 후 적을 상대하지 않고 이곳을 벗어나도 좋다. 더 이상 널 속박하지 않으마."

"흐흐흐, 제가 또 그렇게 간사한 놈은 아니지요."

"아니, 그래도 좋다. 넌 내게 할 만큼 했다. 네 친구를 버렸던 그 순간 넌 이미 내게 치를 대가를 모두 치른 것이다. 그러니… 네 살길을 망설이지 말고 찾거라. 자, 가자!"

오죽노가 단호하게 명을 내렸다. 그러자 일행이 무명도주와 중광만을 남기고 어둠 속으로 달리기 시작했다. 그런데 잠시 후 떠났던 일행 중에서 중천산이 다시 돌아왔다.

"왜 오셨어요?"

"함께 있겠다."

중천산이 말했다.

"쓸데없는 행동 마시고 가세요."

"널 혼자 둘 수 없다."

"정말 귀찮게 왜 이러세요? 내가 그 양반을 떠나려고 남는다잖아요? 아버진 과연 그 양반을 떠날 수 있어요? 아니, 중가의 꿈을 버릴 수 있으세요? 못 하시잖아요? 불가능해도 죽을 때까지 중가의 중흥을 위해 사실 거잖아요? 그 굴레에서 절 그만 놔주세요. 이쯤하면 아들 노릇 다 한 거죠. 비영이 놈도 배신했는데……."

중광이 매몰차게 말했다. 그러자 중천산이 아무런 말도 못하고 중광을 바라보다 풀 죽은 목소리로 말했다.

"그래, 미안하구나. 내가 남으면 외려 네게 짐이 되겠지. 가마. 부디 살아 있거라!"

중천산이 그 말을 하고는 힘없이 돌아섰다. 그러고는 금세 어둠 속으로 사라졌다.

"매정하군."

중천산을 떠나보낸 중광을 보며 무명도주 천도수가 말했다.

"흐흐, 정이라. 그런 게 흑성에게 어디 있습니까?"

"아직도 흑성인가?"

"오늘은 왠지 흑성이어야 할 것 같군요. 가죠. 마궁 종고구… 한번 사냥해 보죠. 그 옛날 흑성들이 천변을 만들어낸 것처럼!"

"후후, 나쁘지 않군. 좋아. 우리 둘이라면 종고구야 잡을 수 있겠지!"

천도수가 고개를 끄떡였다.

그러자 중광이 훌쩍 신형을 날려 온 길을 되짚어 달리기 시작했다.

마궁 종고구는 망설이고 있었다.

애써 잡은 꼬리였다. 그러나 사냥감은 다시 그의 눈에서 멀어지고 있었다. 추격해서 잡자니 궁지에 몰린 사자가 반격을 할 것이 걱정이다.

마천육마의 마두들이나 혹은 아쉬운 대로 구천맹의 늙은이들이라도 몇 있으면 반격을 걱정하지 않겠지만 지금은 그 혼자다.

육혈봉에 모였던 고수들은 오죽노의 계략에 의해 사방으로 흩어졌다. 마궁 종고구도 여러 갈래로 갈린 오죽노의 흔적 중 하나를 쫓아 이곳까지 왔고, 또 운 좋게 그를 발견하게 된 것이다.

그러나 거기까지였다.

당장 홀로 오죽노의 길을 막고 그를 상대할 자신은 없었다. 또한 심혈을 기울여 쏜 화살은 오죽노의 손에 잡혔다. 자신의 화살을 잡아내는 오죽노의 무공은 종고구가 경험해 보지 못한 것이었다.

지금껏 천하의 그 누구도 자신의 활을 맨손으로 낚아채지는 못했다. 그런데 오죽노는 그 일을 해냈다. 그런 자를 홀로 상대할 수는 없었다.

그저 거리를 두고 추적을 이어나가는 것뿐, 그 와중에 소식을 듣고 마천의 형제들이 달려와 주기를 바랄 뿐이었다.

그런데 그런 종고구의 바람조차 난관에 부딪혔다.

파파팟!

한순간 매서운 암기들이 종고구를 파고들었다. 종고구가 급히 철궁을 휘둘러 암기들을 쳐냈다.

"왔는가? 오죽노!"

종고구가 철궁을 들어 올리면서 소리쳤다. 그러나 어둠 속에선 아무런 대답도 들리지 않았다.

"하하하, 천하의 오죽노가 쥐새끼처럼 숨어 암기나 날린다면 부끄러운 일이 아닌가?"

종고구가 일부러 상대를 자극했다. 그러나 여전히 어둠 속은 침묵이다. 그러자 종고구가 문득 눈빛을 반짝였다.

"오죽노가 아니군! 그렇다면 꺼릴 것이 없지. 모두 쥐새끼를 찾아!"

오죽노라면 이런 식으로 행동하지 않는다는 걸 종고구는 알고 있었다.

종고구의 명에 그의 수하들이 암기가 날아온 곳을 향해 움직이려는 순간 갑자기 어둠 속에서 한 사내가 모습을 드러냈다.

"대인은 이미 멀리 가셨소. 난 대인의 말씀을 전하러 왔소."

"누구냐?"

"난 천도수라고 하오."

"천도수… 광검 천도수!"

"마천육마께서 내 이름까지 알고 있다니 영광이오."

"구천맹의 오랜 충신으로 알려졌던 그대가 오죽노를 따를 줄은 몰랐군."

"오죽노께서 곧 구천맹이오."

천도수가 단호하게 말했다.

"후후후, 좋아좋아. 사람은 누구나 자기 나름대로의 명분을 만들지. 아무튼… 오죽노의 말이나 들어볼까?"

"더 이상 쫓지 말라 하셨소. 이제 오죽노께선 강호에서 은퇴하실 생각이시오."

"흐흐흐, 그 말을 누가 믿을까. 재기 불능의 부상을 입어 구천맹을 떠났던 사람이 이렇게 천하를 희롱하며 군림천하를 꿈꿨거늘… 난 반드시 그를 만나야겠다."

"그러실 수 없을 거요."

천도수가 단호하게 말했다.

"그 말은 그대가 날 막겠다는 말인가?"

"최선을 다해보겠소!"

천도수가 검을 들어 올리며 말했다.

"이것 참… 기이한 일이군. 아무리 대범한 자라도 홀로 내 앞을 막겠다니. 정신이 이상해지지 않고서야… 아니군. 제정신으로도 이런 일을 할 수 있지. 날 막기 위해서가 아니라 시간을 벌기 위해서라면!"

"……."

천도수는 종고구의 말에 더 이상 대꾸하지 않는다. 그저 검을 들어 종고구를 겨눌 뿐이다.

"좋아. 내게도 시간이 없으니 직접 상대해 주겠다. 그게 광검 천도수의 명성에 어울리는 일일 것이다."

"고맙소."

천도수가 가볍게 대답했다.

순간 종고구가 철궁을 내려놓더니 언제나처럼 두 손에 두 개의 화살을 나눠 지고 천도수를 향해 달려들었다.

서릿발 같은 검기가 사방으로 번쩍였다. 천도수는 그의 별호대로 미친 듯이 검을 흩뿌렸다.

마치 공력만 높고 검은 처음 배운 사람 같았다. 정해진 검로도 없고, 진기의 사용에도 두서가 없어 보였다.

그런데 그 소란스러움이 오히려 상대를 곤란하게 만들었다. 정해진 검로가 없는 검법, 보통의 무리를 역행하는 듯한 진기의 사용, 아마도 마궁 종고구가 아닌 다른 사람이 천도수를 상대했다면 필시 큰 낭패를 당했을 것이다.

그러나 종고구는 달랐다. 그는 난검 속에서도 검로를 찾을 수 있고, 환영 속에서도 진체를 찾을 수 있는 고수다.

팟!

한순간 종고구가 욱여넣듯이 자신의 철시를 어지러운 천도수의 검영 속으로 질러 넣었다.

"웃!"

천도수의 입에서 다급한 소리가 흘러나왔다.

팟!

천도수가 급히 몸을 뺐으나 종고구의 철시는 어김없이 천도수의 어깨를 찌르고 지나갔다.

종고구의 화살촉은 잘 갈린 검과 같다.

팟!

천도수의 어깨에서 피가 솟구친다. 천도수가 고통을 참으며 번개처럼 암기를 던져 냈다. 흑성들을 길러낸 무명도주에 어울리는 암기술이다.

차창!

종고구가 철시를 바람개비처럼 휘두르며 암기를 걷어냈다. 그사이 천도수가 십여 장 뒤로 물러났다.

거리가 생기자 순간 종고구가 철궁을 빼 들더니 번개처럼 천도수를 향해 화살을 날렸다.

파파팟!

종고구가 순식간에 세 대의 화살을 연사했다. 그가 활을 쏘는 속도는 천도수가 암기를 던지는 것보다도 빨랐다.

천도수가 종고구의 화살을 견디지 못하고 아름드리나무 뒤로 몸을 숨겼다.

순간 천도수가 숨은 나무에 화살이 벼락처럼 꽂혀들었다.

쩍!

종고구의 화살에 맞은 나무의 허리가 파열되더니 아름드리나무가 그대로 쓰러졌다. 극한에 이른 자의 공력의 위력이 어떠한지를 여실히 보여주는 궁술이다.

"이제 어디로 갈 텐가?"

종고구가 노성을 터뜨리며 쓰러지는 나무 위로 날아올랐다. 동시에 다시 두 대의 화살을 무성한 나뭇가지 사이로 쏘아댔다.

퍼퍽!

"욱!"

쓰러진 나뭇가지 사이에서 천도수의 신음 소리가 들렸다. 동시에 그가 살 맞은 짐승처럼 비틀거리며 나뭇가지를 벗어났다. 그의 옆구리에 길게 철시 한 대가 관통해 있다.

그 몸으로도 천도수는 다시 숲을 향해 도주했다.

"힘쓸 것 없다. 어차피 죽을 것!"

종고구가 천도수를 따라붙으며 말했다. 너그러운 듯 보이지만 살기가 가득한 목소리다.

천도수는 금세 종고구에게 따라잡혔다. 부상을 당한 몸으로 종고구와 같은 고수를 따돌릴 수는 없었다.

천도수가 다시 거대한 나무를 의지해 등을 기대고 돌아섰다.

"잘 생각했어. 편히 죽게 해주지……."

"제길, 겨우 이각인가? 적어도 한 시진은 버틸 줄 알았는데……."

천도수가 씁쓸한 표정으로 중얼거렸다.

"참으로 기이한 일이야. 오죽노와 같이 간교한 자에게 어찌 그대와 같은 충신이 있었을까. 스스로 목숨을 버려 그에게 시간을 벌어주다니!"

"사람마다 사정은 다르니까."

"하긴 그렇군. 자, 우리 모두 시간이 없으니 빨리 끝내지. 고통은 없을 거야."

"난 그렇게 쉽게는 죽지 않아!"

천도수가 검을 들어 올리며 말했다.

"그것도 좋지. 무인된 자로 어찌 순순히 죽음을 받아들이랴! 하지만!"

종고구가 갑자기 천도수를 향해 질주했다. 그의 양손에 어느새 두 개의 철시가 들려 있다.

천도수가 벼락처럼 다가드는 종고구를 향해 검을 휘둘렀다. 두 개에서 세 개, 다시 세 개에서 네 개로 검영이 늘어난다. 그의 부상을 생각하면 놀라운 투혼이다.

그러나 그런 그의 마지막 투혼도 마천육마 종고구 앞에서는 무용지물이었다.

차창!

한순간 종고구가 왼손에 든 철시를 휘둘렀다. 그러자 철시에 어린 강기가 빗자루로 먼지 쓸 듯 천도수의 검영을 허공에서 쓸어버렸다.

"잘 가라!"

연이어 종고구가 오른손에 든 철시를 천도수의 가슴에 찔러 넣었다. 그로서는 마지막 일초였다.

그런데 막 종고구의 철시가 종고구의 가슴을 뚫으려는 순간, 철시의 방향이 급격하게 변했다.

"놈!"

천도수가 기대선 나무 위에서 강렬한 섬광이 내려꽂혔다. 그 섬광은 종고구를 쪼갤 듯이 그의 머리를 향해 떨어졌다.

종고구가 다급하게 천도수의 심장을 찌르려던 철시를 들어 섬광의 막아냈다.

콰릉!

강력한 충돌음이 일어났다.

어둠이 깨치고 초목이 몸을 떨었다. 사람이 만들어낸 충돌이라고는 생각할 수도 없는 충격이 사방으로 퍼져 나갔다.

"욱!"

신음을 흘린 자는 애꿎게도 나무에 기대고 섰던 천도수였다. 가뜩이나 부상을 입은 몸이었던 그는 그의 바로 앞에서 일어난 강력한 충돌의 여파를 견뎌내지 못하고 삼사 장 날아가

땅에 나뒹굴었다.

"이놈!"

충돌이 만들어낸 광채 속에서 종고구의 신음 같은 목소리가 들린다. 천도수가 겨우 고개를 들어보니 빛 속에서 중광이 번쩍이는 도로 종고구를 내리누르고 있었다.

"끝을 내!"

천도수가 마치 자신이 도를 든 것처럼 소리쳤다.

"주군!"

멀리서 천도수와 종고구의 싸움을 지켜보던 마천의 마인들이 소리를 치며 달려왔다.

"네놈은……."

종고구가 눈을 들어 중광을 노려봤다.

"몇 번 봤을 거요. 기련포에서 그리고 육혈봉에서… 참 기쁜 일이오. 천하의 마천육마 중 하나를 내가 베게 되다니!"

중광이 희쭉 웃음을 흘렸다.

"어림없다. 이… 놈!"

"흐흐, 당신은 끝났어. 거리가 있다면 모를까, 이렇게 내 도를 맞대고는 당신의 그 활 재주를 부릴 수 없어."

"네놈 같은 애송이 정도는……."

"난 애송이지만 내 도는 애송이가 아니야. 그 유명한 육혈무성 양왕의 태양도라고! 잘 가시우!"

퍽!

한순간 중광의 도가 종고구의 철시를 깨뜨리고 들어와 그대로 종고구의 어깨를 갈랐다.

"욱!"

종고구의 입에서 고통스런 신음성이 흘러나왔다.

순간 중광이 주먹을 말아 쥐고 종고구의 단전을 때렸다.

콰!

강력한 타격음과 함께 종고구의 몸이 종잇장처럼 구겨졌다.

"크헉!"

종고구가 앞으로 고꾸라지며 피를 토했다.

"이놈! 멈춰라!"

중광의 등 뒤에서 고함이 터지면서 서너 대의 화살이 날아들었다.

순간 중광이 횡으로 도를 휘둘렀다. 그러자 그의 도에서 뿌려진 도광이 날아드는 화살들을 단번에 허공으로 날려 버렸다.

그 무위에 놀란 종고구의 수하들이 걸음을 멈췄다. 그러자 중광이 훌쩍 신형을 날려 천도수를 옆구리에 낀 채 어둠 속으로 사라지며 소리쳤다.

"쫓지 마라. 오죽노를 쫓는 자, 죽음뿐이다!"

천도수의 손이 부들거렸다. 중광은 이 늙은 무인이 이제 곧 죽을 거라는 걸 깨달았다.

중광이 천도수를 너른 바위에 내려놓았다.

"후욱, 후욱!"

천도수가 깊게 숨을 쉰다. 그리고 기운을 모아 물었다.

"마궁은?"

"죽을지 살지는 모르겠습니다. 그러나 더 이상 무공을 쓰지는 못할 겁니다. 단전이 부서졌을 테니."

"흐흐흐, 정말 대단하군. 정말 대단해. 천하의 마궁 종고구를 잡다니!"

"모두 도주님 덕분이지요. 도주님의 희생으로 그를 기습할 수 있었으니까요."

"그래? 나도 한손 거들었다 이거지?"

"그렇지요."

"좋아. 그럼 기쁘게 죽을 수 있겠군."

"난… 이만 가야 할 것 같습니다."

"후후, 매정하군."

"도주께 배운 대로 할 뿐이지요."

"맞아. 내가 그리 가르쳤지. 그런데 말일세, 한 가지 부탁을 해도 될까?"

"……?"

중광이 마뜩찮은 표정을 짓는다. 이젠 자유다. 천도수의 부탁을 들어줄 아량 같은 것은 이제 없다.

"대인을 따라가 주게."

"흐흐, 그야말로 하지 않으니만 못한 부탁이군요. 다시 그의 개가 되라니."

중광이 실실거렸다.

"내 부탁은 그게 아닐세."

"하면 무엇입니까?"

"가서… 그분의 시신이라도 거둬달라는 것일세."

"그게 무슨……?"

"그분은 절대 이 죽음의 사슬에서 벗어날 수 없네. 구천맹과 마천뿐이라면 모를까, 유령문이 기다리고 있을 거야. 그들은 절대 대인을 살려두지 않을 걸세."

"유령문이라……."

"그들의 무서움을 나만큼 아는 사람도 드물지. 그들을 통해 흑성이 만들어졌으니까. 난 그들이 어떻게 흑성을 만들어내는지 모두 보았다네. 그런데 그 유령문의 유령사는 흑성 위의 자들이거든. 그들은 아마도 어둠 속에서 대인의 움직임을 모두 보고 있을 걸세. 그리고… 최후의 순간에 대인의 목숨을 거두겠지. 그러니……."

"제길!"

중광이 욕설을 해댔다.

그런 중광의 심사에 천도수가 기름을 부었다.

"가야 할 걸세. 중 가주도 함께 있으니… 대인은 몰라도 아비의 시신은 수습해야지 않겠는가?"

중광이 욕설을 내뱉은 이유는 바로 그거였다.

오죽노야 어찌 되든 상관없다. 그에게 오죽노는 자신의 저열한 욕망을 증명하는 존재일 뿐이었다.

그로 인해 중광 자신의 마음 깊숙한 곳에 자리하고 있던 욕망이 일어났고, 친구를 배신하고, 욕망의 굴레에서 지난 몇 년을 살았다. 그런 자의 죽음쯤 중광은 아무런 상관이 없었다.

그러나 중천산은 다르다. 마궁을 상대하기 위해 뒤에 남을 때 작별을 고하기는 했으나 그때는 어떻게든 오죽노와 그 일행이 이곳을 벗어날 수 있다는 확신을 가지고 있었다.

그 확신이 없었다면 아마도 그는 중천산을 떠날 수 없었을 것이다.

"유령문이라……."

중광이 나직하게 중얼거렸다.

그도 이제는 알고 있다. 흑성의 뿌리가 어디인지. 그리고 그들의 힘도 보았다. 육혈봉에서 오죽노의 치밀한 계책을 한순간에 부숴 버리는 그들의 그 은밀하고도 치명적인 힘을.

"흐흐. 갑자기 힘이 나네."

중광이 실성한 듯 실실거렸다. 흑성의 뿌리라는 유령문의 유령사들을 상대할 생각을 하자 자신도 모르게 투지가 살아나고 있었다.

"편히 쉬십시오."

중광이 문득 눈길을 아래로 내려 헐떡거리는 천도수를 보며 말했다.

"잘 가게. 즐거웠네."

"난 아니었습니다."

"후후, 그렇겠지. 가보게."

천도수의 말에 중광이 미련 없이 자리에서 사라졌다.

"후욱… 매정하구나… 그래도 스승이라면 스승인 것을……."

천도수가 바위에 몸을 뉘며 쓸쓸하게 중얼거렸다.

제10장

새벽, 별이 뜨다

도망자의 밤은 차다. 오죽노와 그를 따르는 자들이 흠칫 몸을 떨었다. 그런데 그것이 찬 밤공기 때문은 아니었다.

분명히 있었어야 할, 그들을 기다리고 있어야 할 것들이 눈에 보이지 않았다.

사람도 말도 마차도 없었다. 그렇게 별곡의 황량한 공간이 오죽노 일행을 맞이했다.

그러나 그들은 금세 별곡에서 그들을 기다리고 있는 자가 아무도 없지는 않다는 것을 알아챘다.

별곡을 좌우에서 감싸고 있는 가파른 산기슭에서 사람의 인기척이 느껴졌다. 아니, 어쩌면 사람이 아닐 수도 있었다. 사람의 기척이라고 하기에는 너무도 차고 은밀했다.

그러나 오죽노와 몇몇 노련한 자는 알고 있었다. 이 기운이야말로 그들이 그토록 강호에서 없애 버리고 싶었던 자들의 기운이란 것을…….

"유령문……!"

오죽노가 허탈한 표정으로 중얼거렸다. 지금 상황에서 유령문이라면 최악이다.

이들이 단 반 시진만 자신의 발목을 잡고 있어도 구천맹과 마천의 고수들이 몰려들 것이다. 그리고 별곡이 그의 무덤이 될 것이다.

"유령문에서 어느 분이 오셨는가?"

갑자기 오죽노가 주위를 돌아보며 소리쳤다. 그러나 음울한 숲에선 어떤 대답도 들리지 않았다.

"야유사군께서 오셨소? 아니면… 교연 당신이오?"

오죽노가 다시 소리쳤다. 그 자신을 마중하려면 적어도 그 두 사람이어야 한다고 생각하는 모양이었다.

"두 분은 번잡한 것을 싫어하셔서 오지 않았소."

문득 어둠 속에서 대답이 흘러나왔다.

"누구신가?"

오죽노의 눈썹이 꿈틀거렸다. 불쾌한 기색이 역력하다. 야유사군과 소문주 송교연이 오지 않았다는 것이 그를 실망시킨 모양이었다.

오죽노의 물음에 대답 대신 어둠 속에서 동왕 귀보전이 나타났다. 그리고 그 뒤에 젊은 무인 한 명이 무심한 표정으로 따라 나왔다.

"귀보전… 또 그대인가? 이거… 실망이군. 나 오죽노를 겨우 귀보전 그대 따위가… 응?"

처음 귀보전과 궁비영이 등장했을 때 오죽노의 관심은 온전히 귀보전에게 쏠려 있었다. 그러다가 얼핏 귀보전 뒤에 유령처럼 서 있는 궁비영을 스치듯 보고는 문득 그 얼굴이 눈에 익다는 것을 깨달은 것이다.

"넌!"

한순간 오죽노의 눈이 커졌다.

그는 천하에서 가장 뛰어난 두뇌를 가지고 있다고 알려진 자다. 이런 자가 과거 자신이 키우고, 자신이 몰락시킨 사람을 기억하지 못할 리 없다.

"살아… 있었군."

오죽노가 신음처럼 중얼거렸다.

물론 궁비영 한 명 살아 있다고 딱히 두려울 이유는 없었다. 오히려 그의 앞에 서 있는 귀보전이 궁비영에 비하면 두어 배는 더 경계할 자였다.

그런데 이상하게도 궁비영의 존재를 의식하는 순간 오죽노의 모든 신경이 궁비영에게 쏠렸다.

어쩌면 그건 자신의 계산에서 벗어난 존재에 대한 책사들의 본능적인 껄끄러움 같은 것일지도 모른다.

그런데 한순간 오죽노는 이 긴장감이 단지 궁비영의 뜻밖의 등장 때문만은 아니라는 것을 깨달았다.

"넌… 변했구나!"

오죽노가 나직하게, 그러면서도 최대한의 경계심을 드러내며 말했다.

하지만 궁비영은 오죽노에게는 별반 관심이 없다는 듯 대꾸도 하지 않았다. 대신 그의 시선은 오죽노 뒤에서 벌겋게 상기된 표정으로 자신을 보고 있는 중년의 사내, 중천산에게 닿아 있었다.

"숙부… 오랜만에 뵙습니다."

궁비영이 중천산에게 말했다.

순간 중천산이 부르르 몸을 떨었다. 숙부라는 단어가 그의 심장과 머리를 한순간 파열시키는 느낌이었다.

"살아 있다니… 다행이구나."

"뭐, 제가 죽는 것은 좀 이상하죠. 아직 그 양반도 살아 있는데요. 아들이 아비보다 먼저 죽을 수 있나요."

궁비영의 말에 중천산의 눈이 번쩍였다.

"살아 있느냐? 궁 가주가?"

"명이 긴 분이라더군요. 관상이 아주……."

"허… 허… 하하하!"

갑자기 중천산이 한바탕 웃음을 터뜨렸다. 그러자 오죽노의 인상이 일그러졌다.

"뭘 하는 건가?"

오죽노가 중천산을 보며 질책했다.

"궁 가주가 살아 있다지 않습니까?"

"지금 그게 그렇게 웃을 일인가?"

"대인… 다른 사람에겐 몰라도 제겐 아주 중요한 일입니다. 이젠 마음 편히 죽을 수 있게 되었으니 말입니다. 솔직히 죽어서 그 친구 얼굴을 어떻게 보나 그게 걱정이었는데 그도 살아 있고, 그의 아들도 살아 있으니… 이젠 정말 죽는 게 두렵지 않군요."

"누가 죽는단 말인가?"

오죽노가 이젠 노한 표정으로 소리쳤다.

"대인, 사정이 이렇게 된 이상 우린 죽습니다."

"겨우 유령문 따위에 겁을 먹을 줄은 몰랐군. 중천산 자네가 말이야!"

"유령문의 무서움이야 저보다 대인께서 더 잘 아시지 않습니까? 그들이 길을 막았다면 지금으로썬 뚫기 어렵습니다. 더군다나……."

중천산이 말꼬리를 흐리며 시선을 돌렸다. 서쪽에서 이어진 숲길에 우두커니 서 있는 곰 같은 거대한 장한이 보였다.

"왜 왔느냐?"

중천산이 물었다. 그러자 어둠 속에서 장한이 대답했다.

"아버지 시신을 거두러 왔는데… 웬걸, 이런 횡재를 하는군요. 옛말 그른 것 없다더니 흐흐, 도주의 말을 듣길 잘했습니다. 녀석을 보다니……."

중광이다.

말을 하면서도 중광은 여전히 숲 길 어둠 속에 머물렀다.

"무명도주는 어찌 되었느냐?"

오죽노가 급히 물었다.

"혼자 온 걸 보셨으면 아시지 않습니까? 새삼스럽게……."

"그를 혼자 두고 왔단 말이냐?"

"대신 마궁의 목을 베고 왔지요."

"마궁을 죽였다고?"

중천산이 놀란 표정으로 물었다.

"그라 한들 염왕의 태양도를 견딜 수는 없지요. 안 그렇습니까? 대인!"

중광이 오죽노에게 물었다. 그러자 오죽노가 묘한 표정을 지었다. 기쁜 것도 슬픈 것도 아니다. 마치 어려운 숙제를 앞에 둔 사람 같다.

"그래도… 이곳으로 올 것은 아닌 것을……."

오죽노가 뒤늦게 아쉬운 표정을 지었다. 아마도 마궁까지 죽인 이상 추격자들을 끝까지 상대해 주거나 혹은 다른 곳으로 유인해 주기를 바랐던 모양이다.

"대인… 일은 끝이 났습니다."

중광이 얼굴을 굳히며 말했다. 여전히 오죽노의 얼굴에 남아 있는 야망의 흔적, 끝까지 버리는 못하는 욕망이 안쓰럽게 느껴지는 중광이다.

"일이 끝났다고? 이곳에 육혈무성의 유산을 이어받은 삼 인이 있다. 나와 목염, 그리고 중광 너까지… 이쯤 되면 육령문 따위야."

그때 오죽노의 말이 끊겼다. 갑자기 어둠 속에서 생경한 목소리가 들려 왔기 때문이었다.

"유령문뿐 아니라 구천맹도 상대해야 할 거요."

갑작스런 목소리에 놀란 오죽노 일행이 시선을 돌렸다. 그러자 숲에서 소림의 정명선사를 비롯한 구천맹의 고수 십여 명이 모습을 드러냈다.

그들은 비록 숫자는 적었지만 그 한 명 한 명이 당대의 절대고수라 오죽노의 얼굴이 금세 심각하게 변했다.

"마천도 오죽노에게는 받아낼 빚이 있지."

설상가상, 중광의 서 있던 곳 뒤쪽에서 마천의 고수들도 등장했다.

역시 숫자는 많지 않았다. 마불 구르간과 혼마 상묘운이 서넛의 수하를 데리고 모습을 드러냈다.

그러나 그 숫자의 많고 적음은 중요치 않았다. 마천육마가 장내에 모습을 드러냈다는 것이 중요했다.

오죽노의 얼굴이 딱딱하게 굳었다. 그의 계산은 또다시 맞지 않았다. 적어도 반 시진 이상은 시간이 있으리라 생각했는데, 구천맹과 마천의 고수들은 그의 예상보다 발이 빨랐다.

"늦지 않아 다행이외다."

소림의 정명이 동왕 귀보전을 보고는 가볍게 합장하며 말했다.

"오시느라 수고 많으셨습니다."

"이 모든 것은 유령문 덕분이오. 유령문이 아니라면 누가 있어 그의 퇴로를 알아낼 수 있었겠소이까. 정사를 막론하고 유령문에 진 빚이 적지 않은데 이렇게 강호를 위해 악적의 퇴로를 막아주시니 빈승은 그저 감사할 뿐이외다."

"그를 상대하는 것이 구천맹과 마천의 일만은 아니지요."

귀보전이 슬쩍 오죽노를 보며 대답했다. 당혹스러워하는 오죽노의 얼굴을 보는 것은 그의 목을 베는 것보다도 더한 쾌감을 준다.

언제나 세상을 내려다보며 살던 오죽노다. 그 오만함이 없었다면 감히 유령문을 멸절시킬 생각은 하지 못했을 것이다.

겨우 육혈무성의 무공을 훔쳐 내는 것 정도, 그 정도였다면 어쩌면 유령문도 위험을 감수하면서 그의 행보를 막지 않았을지도 모른다.

"유령문, 유령문… 후후후, 유령문이라. 결국 또 이렇게 주인을 무는 사냥개가 되었군."

오죽노가 실소를 흘리며 중얼거렸다. 그러나 그 모습에선 아직 패배자의 기운이 느껴지지 않았다. 이 난국을 타개할 자신이 있는 듯도 보였다.

"육혈무성의 부활은 사실 유령문이 관여할 바가 아니었소. 그대가 마곡산의 일을 저지르지만 않았다면."

귀보전이 차갑게 말했다.

"유령문을 남겨두고 어찌 천하를 도모할까."

"글쎄, 그대가 마곡산을 태운 것이 과연 천하를 도모하기 위함일 뿐이었을까?"

귀보전이 날카로운 눈으로 오죽노를 보며 물었다.

"다른 이유가 뭐가 있겠는가?"

"다른 사람은 몰라도 난 그 다른 이유를 알고 있지. 아니, 어쩌면 당신 자신도 그 이유를 모르고 있을지도……."

귀보전이 조롱하듯 말했다.

"나도 모르는 이유가 있다고?"

"그대가 마곡산을 태운 진정한 이유는… 그대가 버림받았기 때문이지. 아마도 태어나 처음 마음을 주었을 여인으로부터 말이야. 아닌가? 소문주야말로 그대가 마곡산을 태운 진정한 이유가 아니던가?"

순간 오죽노가 부르르 몸을 떨었다. 그러다가 강하게 고개를 저으며 말했다.

"궤변이군. 이 오죽노가 한낱 여인의 마음 따위에……."

"난 그날 그대가 취했던 모습과 흘리던 눈물을 보았지. 그리고 그다음 날 그대는 마곡산을 태웠어. 난 그걸 알고 있었다."

"네놈이 감히 날 모욕하는가?"

오죽노가 눈에 살기를 드러냈다. 그러자 갑자기 기도가 변했다. 붉은 안광과 등을 타고 오르는 검은 기운… 이야말로 염옥의 사자와 같은 모습이다.

그럼에도 귀보전은 말을 멈추지 않았다.

"그러나 그건 누굴 원망할 일이 아니었어. 사실… 무공이나 지모는 몰라도 인간적으로 보면 그대보다야 궁 대협이 훨씬 나은 사람이었거든. 소문주께만이 아니라 유령문의 그 누구에게도 궁 대협은 매력적인 사람이었지."

순간 오죽노의 분노가 폭발했다.

"놈! 그래서 마곡산이 불탄 것이다. 그 하나! 비천한 궁가 놈 하나로 인해 말이야. 그리고 오늘 다시 유령문은 이 세상에서 사라질 것이다. 다시 그놈을 거론한 네놈의 세 치 혀 때문에!"

분노하는 오죽노를 보며 궁비영이 고개를 저었다.

만 리 길이 넘는 동해의 만화도에 칩거하고 있는 아버지 궁도요가 오늘 이곳에서 어쩌면 천하제일인일지도 모르는 오죽노를 흔들고 있었다.

궁비영은 동왕 귀보전이 굳이 아버지와 소문주 송교연의 이야기를 꺼낸 이유를 알고 있었다.

그는 오죽노의 심기를 흔들기를 원했던 것이다. 그리고 정말 거짓말처럼 그 가볍디가벼운 애정지사가 오죽노를 흔들었다.

"그의 아들인 내가 당신에게서 유령문을 지켜낼 것이오."

침묵하던 궁비영이 앞으로 나서며 불쑥 입을 열었다.

"흐흐흐… 겨우 너 따위가?"

오죽노가 검을 들어 궁비영을 겨눴다. 그 검에서 푸른 검강이 차갑게 번뜩였다. 검기를 지나 검강의 경지에 이른 검술은 당대에 나타난 적이 없는 경지다.

구천맹도, 마천도, 그리고 유령사들도 오죽노의 검강을 목도하고는 본능적인 두려움에 얼굴이 굳어졌다.

궁비영도 긴장했다. 어느새 그의 검도 오죽노를 겨누고 있었다.

그런데 사실 궁비영을 긴장시킨 것은 오죽노의 검강이 아니었다. 그보다는 오죽노의 눈에서 흘러나오는 기이한 적광, 분노로 인한 것으로 보이기도 하지만 사실은 육혈무성 뇌마 혜불각의 절대무공이었던 파혼공의 증거인 바로 그 안광이었다.

파혼공은 한순간 방심하면 이지가 상실되고 영혼이 파괴되는 절대의 무공이다.

드러나는 모습으로 보면 마공이라 칭할 수도 있지만, 수련법이 정법하여 마공보다는 고절한 심공으로 인정된 무공이었다.

그러나 오늘 궁비영이 오죽노의 눈에서 본 파혼공은 심공이 아니라 마공이었다. 영혼을 파괴하는 무공이 어찌 심공이겠는가.

"후읍!"

궁비영이 숨을 깊게 들이마셨다. 그리고 천천히 진기를 끌어 올리기 시작했다.

다행스럽게도 궁비영에게는 오죽노의 파혼공에 대적할 만한 심공이 있었다.

'아주 안성맞춤이 아닌가. 무량보라면 능히 파혼공을 이겨낼 수 있을 것이다. 그리고 화선무가 암습의 도움 없이 온전한 무공으로서 육혈무성의 무공을 깨뜨릴 것이다.'

화인 노송이 화선무를 창안한 것은 아마도 그가 무인으로서 육혈무성을 넘기 위함이었을 것이다.

비록 그와 그의 동료들이 육혈무성의 시대를 끝냈다고는 하나 당시 그들의 무공이 육혈무성을 넘어선 것은 아니었다.

육혈무성의 무노로 살면서 체득한 살수로서의 능력과 암습의 이득을 더해 육혈무성을 제거했던 유령문의 선조들이었다.

화인 노송은 비록 죽은 자들이지만 육혈무성을 상대로 평생 무도를 참구하여 화선무를 창안했다. 그리고 이제 수백 년이 지나 그 후인인 궁비영에 의해 시간을 격하고 화인 노송의 무공이 육혈무성의 무공을 만나 스스로를 증명하려 하고 있었다.

'화인 노송의 무공을 증명하는 것으로 계명흑성의 일을 끝내는 것도 좋은 일이지!'

궁비영의 표정이 어느새 차분해졌다. 그 모습을 보며 오죽노가 기이한 표정을 지었다.

처음부터 오죽노는 궁비영을 주시하고 있었다. 비록 동왕귀보전이 있지만 오죽노 같은 인물은 자신의 상대가 누구인지 본능적으로 알 수 있었다.

그래서 오죽노는 싸움을 시작하기도 전에 파혼공으로 궁비영의 혼을 깨뜨리려 한 것인데 궁비영은 전혀 파혼공에 영향을 받지 않은 모습이었다.

파혼공이 통하지 않는 자, 그런 경우는 지금껏 단 한 번도 없었다.

"별스런 놈이구나."

"당신을 상대하기엔 아주 제대로인 상대지. 임자를 만났어,

오늘 당신은…….”

“얕은 재주를 믿고 기고만장하는구나.”

“글쎄… 뇌마 혜불각의 파혼공을 이겨내는 무공이 얕다면 그 파혼공은 얼마나 가벼운 것일까.”

궁비영이 비웃음을 흘렸다. 그러자 오죽노가 대꾸를 하는 대신 궁비영을 빤히 노려보다가 차가운 명을 내렸다.

“목염과 중광은 뒤를 맡아라. 시간이 없다. 머리를 자르고 떠난다! 이놈은… 내가 맡지!”

오죽노가 짧게 명을 내리고는 저벅저벅 궁비영을 향해 걸어오기 시작했다.

그의 반백의 머리가 하늘로 올라갔다. 검에 서린 검강이 기이한 빛을 냈다. 자색의 검강, 검성 감우량의 절대검법 자하검의 특징이다.

오죽노가 앞으로 나서자 궁비영도 재차 검을 틀어쥐었다. 그리면서 오죽노 뒤쪽의 중광을 향해 소리쳤다.

“광! 설마 다른 사람 손에 죽지는 않겠지?”

“네 걱정이나 해라!”

중광이 퉁명스레 대답했다.

“술이나 한잔하자고.”

“흐흐, 안주는 내 머리겠구나!”

중광이 실성한 듯 능글맞게 웃음을 흘렸다.

“나쁘지 않지!”

궁비영이 대답을 하는 사이 어느새 자색 검광이 그의 이마

위로 떨어졌다.

오죽노의 눈에 노기가 가득하다. 자신을 상대하면서 중광과 말거리를 하고 있는 궁비영의 행동에 격분한 것이다.

그러나 또 한편으로 오죽노는 이렇게 방심하는 적이 내보이는 허점을 놓칠 위인이 아니다.

카릉!

한순간 오죽노의 자색 검강이 더욱 강렬해지더니 궁비영과 그가 서 있는 땅을 한 번에 갈랐다.

펄럭!

궁비영의 옷자락이 오죽노의 검에 베어져 허공으로 날아갔다.

"놈!"

오죽노의 입에서 나직한 노성이 터져 나왔다. 베어진 옷자락을 남기고 궁비영이 어느새 오죽노의 왼쪽을 스쳐 지나며 검을 찔러 넣고 있었기 때문이었다.

오죽노가 급히 몸을 회전시켜 검을 피했지만 궁비영의 검은 여지없이 그의 목 뒷덜미를 훔치고 있었다.

삭!

소름 끼치는 파열음이 일어나며 오죽노의 등에서 피가 배어 나오기 시작했다.

"이놈!"

오죽노의 노기가 점점 커지기 시작했다. 그럴수록 그의 자색 검강 역시 강렬해졌으며 그의 눈은 천하를 태워 버릴듯 뜨겁게 달아올랐다.

반면 궁비영의 시선은 전혀 변화가 없었다. 깊고 검은 그의 눈은 내심을 드러내지 않고 오죽노의 변화를 응시하고 있었다.

그러나 사실 겉보기와 달리 그의 내심에 아주 동요가 없는 것은 아니었다. 직접 상대한 오죽노의 무공은 궁비영이 지금껏 경험해 보지 못한 절대의 무공이었다.

육혈무성의 이 인, 뇌마 혜불각과 검성 감우량의 무공을 동시에 수련한 자의 무공이란 것은 감히 그 앞에 서기 전에는 상상할 수 없는 전율이었다.

'무량보가 없었으면 어쩔 뻔했냐?'

다시금 무량보의 존재가 고마웠다. 무량보 덕에 궁비영은 오죽노의 이 전율적인 기도 앞에서도 화인 노송의 화선무를 온전히 펼칠 수 있었다.

궁비영이 오른발로 땅을 찼다. 그러자 그의 몸이 가볍게 허공으로 떠올랐다.

보통의 경우라면 무척 어리석은 수법이다. 강적을 앞에 두고 허공으로 몸을 띄운다는 것은 중심을 흩뜨리는 무모한 짓이다.

당연히 그 허점을 오죽노가 파고들었다.

쐐액!

오죽노가 허공으로 떠오른 궁비영의 하단을 검강으로 공격했다. 순간 궁비영의 신형이 연 날리듯 훌쩍 자하검의 검강에 밀려 좀 더 높이 떠올랐다.

팟!

그 강렬한 자하검이 애꿎게 허공을 갈랐다.

"놈! 사술을 배웠구나!"

오죽노는 허깨비처럼 몸을 움직이는 궁비영이 환술을 펼치고 있다고 생각했다. 그러나 궁비영의 무공은 환술이 아니라 화인 노송이 창안한 궁극의 무공, 화선무다.

"생각보다 눈이 짧구려!"

궁비영이 퉁명스레 대답하며 불쑥 검을 찔렀다.

"음!"

오죽노의 입에서 나직한 신음성이 다시 흘렀다.

팟!

궁비영의 검이 다시 오죽노의 오른쪽 어깨를 스치고 지나갔다. 붉은 피가 다시금 그의 옷을 적신다.

오죽노가 주춤거리며 서너 걸음 물러났다. 그러고는 붉은 눈으로 궁비영을 바라봤다.

궁비영은 그런 오죽노를 향해 여유를 두지 않고 날아들었다.

그는 오죽노의 붉은 안광 뒤에서 곤혹스러움을 봤다. 오죽노는 천하의 그 누구도 자신의 파혼공과 자하검 앞에선 적수가 없을 거라 자신했었다.

파혼공과 자하검은 그 하나를 상대하기 위한 무공조차 찾기 어려운 절대신공들이다. 오죽노는 그런 절대무공 둘을 함께 펼치고 있었다.

육혈무성의 무공들을 종목염과 중광에서 전수한 이유가 무엇이던가. 그건 한 사람이 상이한 신공 여럿을 함께 수련할 수 없기 때문이었다.

이종의 검술이야 수련할 수 있지만 이종의 신공을 수련하는 것은 주화입마를 감수해야 한다.

그 위험을 무릅쓰고 오죽노는 파혼공에 자하검을 더했다. 그 수련 때문에 그는 구천맹의 일에도 한동안 집중하지 못했을 정도였다.

그런 위험한 고비를 넘기고 두 개의 신공을 완성했을 때 그는 천하를 얻은 것보다 더 강렬한 성취감을 느꼈었다.

두 무공으로 인해 이젠 뒤에 숨어 있는 모사꾼이 아닌, 세상의 전면에 나설 수 있는 절대자가 되었다고 자부했던 그였다.

오늘 이곳을 벗어난다면 다시금 재기의 꿈을 꿀 수 있을 것이란 생각도 바로 이 두 무공 때문이었다.

그런데 바로 그 절대무공이 흔들리고 있었다.

그것도 자신이 무노로 키운 흑성에 의해, 너무도 가벼운 이 젊은 놈의 무공에 의해 고금의 절대신공 파혼공과 자하검이 흔들리고 있었다.

당황하지 않을 수 없는 일이다. 특히나 오죽노처럼 모든 것이 자신의 머릿속에서 계산되어야 하는 사람에겐 더더욱 곤혹스런 상황이었다.

"당신의 꿈은 오늘 산산이 흩어지게 될 거요."

오죽노의 당황스런 눈을 꿰뚫어 보며 궁비영이 나직하게 속삭였다.

삭삭!

궁비영이 움직일 때마다 공기의 마찰음인지 혹은 옷깃이 스치는 소리인지 모를 미세한 소음이 일어났다.

그런데 그 부드럽고 작은 소리가 오죽노의 신경을 계속해서 긁어댔다.

춤을 추는 것도 아니고 그렇다고 대단한 보법처럼 보이지도 않는 궁비영의 움직임, 수많은 허점이 존재해 막상 공격을 하려면 어딜 공격해야 할지 망설여지는 그 움직임이 오죽노를 계속해서 자극했다.

그리고 오죽노는 이런 경우 어떻게 대처해야 하는지 알고 있었다.

"부숴주마!"

오죽노가 한 발을 앞으로 내밀었다. 그리고 태산을 들듯 무겁게 검을 들어 올렸다.

넝마처럼 얽힌 세상사는 한칼에 잘라내는 것이 순리다.

마찬가지로 그 실체를 알 수 없는 움직임은 강력한 힘으로 그 움직임 자체를 쓸어버리는 것이 가장 좋은 방법이다.

물론 그럴 만한 힘을 가지고 있을 때의 일이다. 오죽노는 자신에게 그럴 힘이 있다고 믿고 있었다.

궁비영은 자신의 눈앞에서 거인처럼 커져 가는 오죽노를 봤다. 자색으로 커져 가는 오죽노, 그러나 실제로 오죽노의 몸이 커진 것은 아니다. 파혼공과 자하검을 최대한으로 끌어 올려 나타나는 환시다.

궁비영이 마른침을 삼켰다.

오죽노같은 자가 이렇게 무모한 방법을 택할 것이라곤 예상치 못했던 궁비영이다.

'마치 중광 녀석 같군!'

어려서부터 북산의 숲에서 수련할 때 중광은 항상 이렇게 자신의 모든 힘을 모아 나무칼을 휘둘렀었다. 궁비영은 그런 중광을 상대하느라 여간 곤욕을 치른 것이 아니었다.

'하지만 결국 언제나 내가 이겼지.'

궁비영은 한줄기 미소를 지었다. 그리곤 망설이지 않고 오죽노가 만들어낸 그 거대한 환영 속으로 뛰어 들었다.

사람들의 눈에 한줄기 섬광이 거대한 자색 구름을 뚫고 지나가는 것이 보였다.

그 빛은 그리 강렬하지는 않았지만 투명할 만큼 영롱해서 사람들의 뇌리에 화인처럼 잔상이 남았다.

그리고 빛이 지나간 자리에서 자색 구름들이 눈처럼 녹아내렸다. 천지를 뒤덮을 것 같았던 자색 구름은 땅에 떨어지기도 전에 사라졌다. 그리고 구름이 걷힌 곳에 추레한 노인 한 명이 서 있었다.

그의 심장 부근에 한 송이 붉은 혈화가 피었는데 그 모습이 어울리지 않게 지극하게 아름다웠다.

"이게… 뭐냐?"

노인이 입을 물었다.

"화인 노송의 화선무요."

"화선무?"

노인이 고개를 갸웃했다.

오죽노는 오랫동안 유령문과 인연을 맺었었다. 그는 그 시간동안 유령문의 모든 것을 샅샅이 알아냈다.

오죽노의 치밀함은 천하인 중 제일이기에 그의 눈과 귀를 통해 얻은 정보는 유령문의 거의 모든 것이라고 할 수 있었다.

그런데 그 안에 화선무는 없었다.

"처음 들어봤을 거요. 지금껏 유령문에서도 화선무를 얻은 사람이 없었으니까. 화선무는 화인 노송의 최후 심득이자 후일을 위한 대비였소."

"설마 그럼 네가……?"

노인이 놀란 표정으로 고개를 돌렸다. 그러고는 믿을 수 없다는 듯 궁비영을 바라봤다.

"설마 계명흑성까지 알고 있었던 거요?"

놀라기는 궁비영도 마찬가지였다. 오죽노가 유령문 최후의 비기, 계명흑성의 존재를 알고 있을 거란 생각은 미처 하지 못했기 때문이었다.

"계명흑성은… 그저 옛이야기 속의 존재일 뿐이라 생각했거늘… 수대에 걸친 유령문의 역사에서 계명흑성의 탄생은 언제나 실패했는데 어떻게 네가…….”

“유령문에 대해 참 많은 것을 알고 있었구려.”

“다른 사람에겐 몰라도 내겐 제일적이었으니까.”

오죽노가 대답했다.

“그런데 아쉽게도 유령문에 대해선 잘 알았지만 한 사람에 대해선 몰랐구려.”

“……?”

“나 궁비영에 대해서 말이오.”

궁비영이 능글거리는 미소를 지었다. 북산에서 망나니로 살 때의 바로 그 모습이다.

“너? 너 따위 군이… 커억!”

한순간 오죽노가 피를 쏟았다. 그의 눈에서 급격하게 붉은 빛이 사라졌다. 그러고는 자신의 몸무게를 이기지 못하고 한쪽 무릎을 꿇었다.

“하긴 나 따위에 신경 쓸 이유는 없었을 거요. 하지만 이젠 신경 좀 써야 할 거요. 물론… 저승에서 말이오.”

궁비영이 오죽노의 얼굴에 자신의 얼굴을 들이밀고는 능글거리며 말했다.

“너… 네놈 따위가… 감히…….”

오죽노의 눈이 찢어질 뜻 부릅떠졌다. 세상의 모든 분노를 담은 눈이었다.

그러나 그는 미처 입안에 있는 말을 모두 뱉지 못하고 고개를 떨궜다.

천하제일의 효웅, 하늘의 재주를 지닌 자가 그렇게 숨을 거뒀다.

"노인네 그놈의 아집하고는……!"

궁비영이 혀를 찼다.

그때 장내에 요란한 함성이 터져 나왔다.

"오축노가 죽었다. 놈들을 모조리 죽여라!"

한순간 궁비영의 등에 소름이 끼쳤다. 오축노의 죽음을 시작으로 천하가 다시금 혈난에 휩싸이는 모습이 눈앞에 그려졌다.

사방에서 구천맹과 마천의 무리가 오축노의 수하들을 도륙하기 시작했다.

그때 궁비영은 깨달았다. 그 누가 와도 다시 시작된 이 혈난을 멈출 수 없다는 것을.

"유령사들은 이쯤에서 물러나지요."

궁비영이 어느새 그의 곁에 다가선 동왕 귀보전에게 말했다.

"그렇지 않아도 그 허락을 구하려던 참입니다."

귀보전이 대답했다.

"해산에서 뵙지요."

궁비영이 몸을 일으키며 말했다.

"함께 가시지요."

"아직 한 가지 일이 더 남아서……."

궁비영이 주위를 돌아보며 말했다. 그의 눈은 중광을 찾고 있었다.

"조금 전 마불과 싸우면서 동쪽 능선을 넘었습니다."

궁비영이 누굴 찾는지 짐작한 귀보전이 말했다.

"알겠습니다. 그럼!"

궁비영이 훌쩍 몸을 날렸다. 그의 신형이 순식간에 난전이 벌어지는 장내를 벗어났다.

"궁금하군. 어떤 선택을 할지……."

귀보전은 궁비영을 따라가지 못하는 것이 못내 아쉬운지 입맛을 다시다가 고개를 저으며 장내를 벗어났다.

용호상박!

그 말이 결코 과하지 않은 격돌이었다.

중광과 마불 구르간은 계곡을 날아 넘고, 능선을 타고 오르며 격돌하고 있었다. 마불을 따라 이동했던 마천의 고수들도 어느 순간부터는 넋을 잃고 두 사람의 싸움을 지켜보고 있었다.

중광의 태양도가 밤하늘을 태양처럼 수놓으면, 마불의 천불마장이 수많은 유성우가 되어 태양도를 지워 나갔다.

그 화려한 대결은 생사결이라기보다는 차라리 두 명의 절대무인이 펼치는 밤의 축제 같았다.

그 어느 쪽도 승세를 잡지 못하는 싸움, 그러나 수백 초를 겨루고도 힘들은 남아 있었고, 보는 사람들 역시 지루함을 느끼지 못했다.

그러나 세상에 끝나지 않는 싸움은 없다. 둘 모두 죽을지언정 결국 싸움에는 끝이 나게 마련이다.

그리고 가끔 그 계기를 당사자들이 아닌 제삼자가 만든다.

검은 밤을 붉게 타오르게 만들고 있는 두 사람을 향해 한 사람의 그림자가 빠르게 접근해 들어갔다.

그리고 그는 망설이지 않고 중광의 배후를 공격했다.

중광이 마불을 상대하던 도를 거둬 재빨리 등 뒤로 후려쳤다. 그의 칼꼬리를 따라 붉은 도기가 채찍처럼 퍼져 갔다.

쿠앙!

강력한 파열음과 함께 중광의 도기가 사방으로 터져 나갔다. 견고하던 그의 도기가 파훼된 것이다.

"욱!"

중광이 신형이 가랑잎처럼 십여 장을 날아갔다. 그러자 그를 기습한 자가 중광을 향해 재차 살검을 뿌려댔다.

"뭘 하는 것이오!"

한순간 마불이 노성을 토하며 중광을 공격하던 자의 검을 막았다.

쿠앙!

마불의 방해로 중광을 죽이지 못한 불청객이 대여섯 걸음 물러나며 마불을 응시한다.

"독아! 그대가 날 모욕하는가!"

마불이 냉혹한 살기를 뿌려대고 있는 독아 구가겸을 보며 노성을 토해냈다.

"마불, 시간이 없소."

독아 구가겸이 냉정하게 대답했다.

"이미 싸움은 끝났다. 오죽노가 죽었는데 더 할 싸움이 뭐가 있단 말인가! 그대가 나의 싸움에 관여할 이유가 없어!"

그런데 그때였다. 문득 어둠 속에서 또 다른 목소리가 들려왔다.

"그건 그렇지가 않소이다."

혼마 상묘운이다.

"뭐가 그렇지 않다는 것이오?"

마불이 되물었다.

"오죽노가 죽는 순간, 새로운 싸움이 시작되었다는 것이오. 바로 본 천과 구천맹의 싸움 말이오. 여기서 이렇게 오죽노의 제자 한 명을 두고 허비할 시간이 없소. 우린 이미 목왕과 마궁, 그리고… 검마를 잃었소. 솔직히 우리에겐 여유가 없소."

"음……!"

상묘운의 말에 마불이 나직한 침음성을 흘렸다. 그로서도 혼마 상묘운의 말을 반박할 수 없었다.

"그의 목을 베고 서둘러 형제들을 정비해야 하오. 구천맹의 노괴들이 선공을 하기 전에 말이오."

상묘운의 말에 구가겸이 혀로 검신을 핥으며 말했다.

"놈의 목은 내가 베리다."

그의 눈이 기습을 막아내느라 기혈이 뒤틀린 중광을 바라보고 있었다. 중광은 입가에 피를 흘린 채 겨우 몸을 지탱하고 있었다.

"아니, 그의 목숨은 내 것이오. 죽여도 내가 죽이겠소."

마불이 독아 구가겸을 막아선다. 그러자 구가겸이 다시 고집을 부리려다 상묘운이 눈으로 말리자 뒤로 물러난다.

"쩝, 아쉽긴 하지만 애초에 마불의 상대였으니 그리하시오."

마불이 구가겸의 말을 등 뒤로 흘리며 중광을 향해 걸어갔다. 그의 손은 이미 끌어 올린 천불마장으로 붉게 물들어 있었다.

"미안하군. 이런 결말을 원치는 않았는데… 대신 고통 없이 보내주겠네."

마불이 중광을 향해 오른손을 뻗어냈다. 붉게 변한 그의 손이 중광의 심장으로 다가갔다.

중광이 부들부들 흔들리는 도를 들어 마불을 상대하려 했다. 그러나 그의 반발은 애처로울 정도로 미약했다.

"잘 가게!"

마불이 한순간 벼락처럼 속도를 냈다. 그런데 그 순간 어둠 속에서 거짓말처럼 생겨난 청색 빛줄기가 그대로 마불의 오른팔을 관통했다.

"흡!"

마불이 자신도 모르게 뒤로 물러났다. 그리고 잠시 후 그의 시선이 묘하게 일그러지며 자신의 오른팔을 응시했다.

툭!

중광의 심장을 파괴하려던 그의 팔이 팔뚝부터 땅으로 떨어졌다. 그리고 뒤이어 붉은 핏줄기가 터져 나왔다.

"웬 놈이냐?"

마불의 귀에 독아 구가겸의 살기 어린 목소리가 들렸다. 그리고 연이어 자신의 곁을 지나쳐 가는 한 사내도 보였다.

마불이 사내를 따라 급히 시선을 돌렸다.

갑자기 어둠 속에서 나타난 사내가 마치 허깨비처럼 독아 구가겸을 관통하고 있었다.

"악!"

단말마의 비명 소리가 터져 나왔다. 그리고 구가겸이 태어날 때의 모습으로 땅 위에 몸을 웅크렸다.

"크으으!"

구가겸의 입에서 처절한 신음성이 흘러나왔다. 겨우 들어올린 그의 시선이 자신을 벤 자를 찾았다.

"너… 넌?"

구가겸은 자신을 벤 사내를 알아봤다. 어찌 모를 수 있겠는가? 천하의 오죽노를 벤 사내인데…….

"왜……?"

구가겸에게 새로운 의문이 생겼다. 도대체 오죽노를 벤 자가 왜 오죽노의 제자를 구한 것일까.

"저 녀석 내 친구요."

궁비영이 대답했다.

"친… 구?"

구가겸이 궁비영의 말을 되뇌었다. 그러다가 거짓말처럼 그대로 숨이 멎었다. 그의 얼굴에는 아직도 자신에게 일어난 일을 이해하지 못하겠다는 표정이 남아 있었다.

"유령문이 마천을 적으로 돌리려는 것이오?"

혼마 상묘운이 감히 궁비영에게 달려들지는 못하고 멀리서 차가운 목소리로 물었다.

"이 일은 유령문과는 상관없소. 오직 나 궁비영 한 사람이 감당할 일이오. 그래서 말인데 혹… 싸우겠소?"

궁비영이 상묘운에게 물었다. 너무 갑작스런 질문에 상묘운이 미처 대답을 하지 못하고 자신도 모르게 마불을 바라봤다.

오른팔의 지혈을 마친 마불이 묘한 시선으로 궁비영을 응시하다가 입을 열었다.

"우리가 손을 거두면 자네도 거두겠나?"

"물론 그렇소. 인연이 아주 없는 것도 아니고……."

"나와?"

마불이 의아한 표정으로 되물었다.

그런데 그때 어둠 속에서 다시 한 명의 불청객이 모습을 드러냈다.

"사백! 이젠 고향으로 돌아갈 때가 되지 않았습니까?"

"목불! 자네가 어떻게……?"

장내에 모습을 드러낸 사람은 목불 살자이였다.

"한 팔이 잘린 사백께서 마천에서 하실 일은 없을 겁니다."

"음……."

살자이의 말에 구르간이 침음성을 흘렸다.

목불의 말은 사실이었다. 한 팔이 잘린 마불은 더 이상 마천 육마의 지위를 누릴 수 없을 것이다. 마천의 절대자가 아닐 바에야 마천에서의 삶은 마불에게 의미가 없는 것도 맞다.

그러나 그렇다고 다시 서장으로 돌아가기에는 염치가 없다.

"그 노인네들이 날 받아줄까?"

"벌은 좀 받으실 겁니다. 그래도 수도하는 데는 외려 더 낫지 않겠습니까?"

"수도라. 이미 몸과 마음이 만신창이가 되었는데… 음… 하긴 그 옛날 혜가는 자신의 손에 묻힌 피를 참회하기 위해 스스로 한 팔을 잘랐다고 했었지."

마불이 중얼거렸다.

그때 문득 궁비영이 목불 살자이에게 말을 건넸다.

"한 사람 더 데려가 주십시오."

"응? 누구 말인가? 설마 자네? 환생자의 인연을 잇겠다는 건가?"

살자이가 되묻자 궁비영이 눈으로 중광을 가리켰다.

"설마요. 내가 아니라 저놈 말입니다."

"비영… 난……."

"죽겠다는 소린 하지 마. 그렇게 쉽게 용서할 일이 아니니까. 평생… 토굴에 들어앉자 염불을 외워. 내가 주는 벌이다. 아마… 네놈 성격에 좀이 쑤셔서 차라리 죽고 싶을 거다, 이 망할 놈아!"

궁비영이 중광을 향해 욕지거리를 쏟아냈다.

종장

흐드러진 꽃들이 바닷바람에 몸을 떤다. 나무에 매달린 꽃들이 가끔 꽃비를 뿌리기도 했다.

그 속에서 중년의 사내가 꽃비를 맞으며 바위에 앉아 먼 바다를 바라보고 있었다.

그런데 언제였을까. 홀연히 그의 옆에 한 여인이 모습을 드러냈다. 귀신같은 신법이다.

여인은 조심스레 사내 곁에 다가와 어깨를 나란히 하고 바위에 앉았다.

사시사철 꽃의 세계인 만화도, 그리고 그 섬의 새로운 주인이 된 궁도요와 송교연이었다.

"몇 가지 소식이 있어요."

문득 송교연이 입을 열었다.

"먼저 납살의 소식을 들읍시다."

"그곳에서 온 소식이 있다는 걸 어찌 아셨죠?"

송교연이 물었다.

"그곳의 소식이 아니면 당신이 이렇게 급히 날 찾아오지 않았을 테지. 문내의 일도 바쁠 텐데."

"호호, 역시 당신은 절 잘 아는군요."

"그래, 녀석 일행이 납살에는 잘 도착했다고 하오?"

궁도요가 미소를 지으며 물었다.

"두 사람은 라마승이 되었다는군요."

"마불과 중광 말이구려."

"예."

"본래 그러려고 서장에 간 것이니까."

궁도요가 고개를 끄떡였다.

"계명흑성은 납살에 보름 정도 머물다가 떠났답니다."

"음… 곧 돌아오겠군."

"먼 곳이에요. 바로 오지 않을 수도 있고……."

"하긴 녀석은 이번에야말로 제대로 바람이 들었지. 마누라도 얻었겠다, 내년 내 생일에나 올까?"

궁도요가 고개를 갸웃하며 중얼거렸다.

"그래서 걱정이에요. 한록산의 혈사가 끝난 지 벌써 일 년이 지났지만 계명흑성을 만나려는 사람들은 아직도 줄을 서 있어요. 그중에는 거절하기 힘든 사람들도 있어요."

"아직도 계명흑성이오? 녀석이 오죽노를 베는 것으로 계명흑성의 업(業)은 끝난 것 아니오?"

"그렇기는 하지만……."

"그저 이름만 남겨두구려. 계명흑성은 이름만으로도 유령문을 지켜줄 충분한 힘이 있으니까. 사람이야 있든 없든 그게 무슨 상관이겠소. 더군다나 유령문의 계명흑성이라면 당연히 구름 속에 숨어 사는 신비인이어야 어울리지."

궁도요가 송교연의 손을 잡으며 말했다. 그러자 송교연이 고개를 끄떡였다.

"알겠어요. 사실은 저도 계명흑성을 더 이상 세상에 보내고 싶지는 않아요. 그리되면 유령문은 다시금 세상의 풍파에 휩쓸리게 될 테니까요."

"잘 생각했소. 그래, 다른 소식은?"

"구천맹이 와해가 되었어요."

"듣던 중 반가운 소리군."

"역시 오죽노의 힘이 컸나 봐요. 그가 없으니 구천맹도 더 이상 지탱을 하지 못하더군요. 마천이 물러간 마당에 더 이상 구천맹이라는 큰 힘도 필요가 없긴 하고요. 각자의 이득을 위해 분란만 일어나니 구룡대산도 쓸쓸해졌지요."

"이젠 또다시 강호는 춘추전국인가?"

궁도요가 하늘을 보며 중얼거렸다.

"마천은 천산으로 숨어들었어요. 혼마가 이끌고 있으니 몇십 년 후에는 다시 세상에 나오겠지요."

"그들은 뿌리가 깊은 나무지. 언제든 새순이 돋을 수 있으니까. 그야 뭐 정말 먼 훗날의 이야기고… 다른 소식은 없소?"

"그들을 살려둔 게 잘한 일일까요?"

"누구 말이오?"

"청마표국의 소국주와 육혈무성의 후예들 말이에요."

"육혈무성의 무공이 사라졌으니 그들은 유령문이나 강호에 위협이 되지 않을 거요."

"하지만 그들은 특별한 혈통을 지닌 자들이지요. 더군다나 천하제일현자 곡풍이 곁에 있어요."

"후후, 그래서 안심이란 거요. 곡풍이라면… 육혈무성의 부활이 불가능하다는 것을 너무도 잘 알 테니 말이오."

"하긴… 그가 장문의 서찰을 아버님께 보내 은원을 끝내자 한 이유도 그래서겠지요. 무공이 사라진 이상은……."

"그런 것 말고 좀 재미있는 일은 없소?"

궁도요가 다시 송교연에게 물었다. 그러자 송교연이 장난스런 표정을 지으며 말했다.

"당신, 긴장 좀 해야겠어요."

"내가 왜?"

"당 문주가 오고 있어요."

"당 문주가?"

"그래요. 딸을 찾겠다고 말이죠."

"흐흠… 그 음흉한 자가 수작을 부리는군."

궁도요가 마땅치 않은 표정으로 중얼거렸다.

"그렇죠. 딸을 찾으려면 계명흑성을 쫓아 서장으로 가야지 본 문으로 올 일이 아닌데 말이에요. 이 기회에 본 문과 인연을 맺으려는 거겠지요."

송교연이 맞장구를 쳤다.

"보자… 그래도 사돈인데 만나는 볼까?"

"만화도를 나가게요?"

"우리도 세상 유람 한번 해야 할 것 아니오?"

"정말요? 진심이세요?"

송교연이 천하제일비문 유령문의 문주답지 않게 호들갑을 떨었다. 그러자 궁도요가 송교연의 어깨에 팔을 두르며 말했다.

"야유사군께서 문의 일에서 손을 뗀 후 당신이 고생하고 있다는 걸 나도 아오. 하지만 난 유령문의 일에 관여할 생각은 여전히 없소. 다만… 그래도 당신의 남편이니 당신을 위해 할 수 있는 일은 해야지 않겠소? 천하 주유쯤이야… 비영 그놈도 하는 일인데. 당신이 날 따라나서면 야유사군께서도 어쩔 수 없이 잠시 문의 일을 돌보실 거요."

"호호! 알았어요. 이제 보니 당신 부자는 제법 다정한 낭군들이었군요. 계책도 제법이고요."

"부전자전 아니겠소?"

두 사람의 얕은 웃음소리에 꽃잎 몇 개가 떨어졌다.

『검은 별』 완결